네가 길을 잃어버리지 않게

POUR QUE TU NE TE PERDES PAS DANS LE QUARTIER
by Patrick Modiano

이 도서의 국립중앙도서관 출판예정도서목록(CIP)은
서지정보유통지원시스템 홈페이지(http://seoji.nl.go.kr)와
국가자료공동목록시스템(http://www.nl.go.kr/kolisnet)에서 이용하실 수 있습니다.
(CIP제어번호: CIP2016004957)

네가 길을 잃어버리지 않게

POUR QUE TU NE TE PERDES PAS DANS LE QUARTIER

Patrick Modiano

파트릭 모디아노 장편소설

권수연 옮김

문학동네

일러두기

1. 주석은 모두 옮긴이주이다.
2. 본문 중 고딕체는 원서에서 대문자로 강조한 부분이다.

내가 사건의 실상을 알려줄 수는 없다.
그 그림자만 보여줄 수 있을 뿐.

스탕달

차례

별일 아니려니 했다. 우리가 벌레에 쏘이곤 처음에는 퍽 가벼이 여기는 것처럼. 어쨌든 우리는 안심하고 싶어서 그렇게 자신을 조용히 달랜다. 장 다라간의 집 '집필실'로 전화가 걸려온 건 오후 네시쯤이었다. 다라간은 햇빛이 닿지 않는 구석에 놓인 소파에서 졸고 있었다. 그런데 울리는 소리를 못 들은 지 벌써 오래인 이 전화벨이 끊기지를 않았다. 왜 이렇게 질기지? 전화를 걸어놓고 끊는 걸 잊은 건 아닐까. 다라간은 결국 몸을 일으켜 햇빛이 사정없이 내리쏟아지는 창가로 걸음을 옮겼다.

"장 다라간 씨와 통화하고 싶습니다만."

느른하되 위협적인 목소리. 첫 느낌이 그랬다.

"다라간 씨 되십니까? 들리세요?"

다라간은 전화를 끊고 싶었다. 하지만 그런들 무슨 소용이 있을까? 전화벨은 다시 울리고 영원히 멈추지 않을 텐데. 전화선을 아예 끊어버린다면야 또 모를까마는……

"본인입니다만."

"선생님 연락처수첩 때문에 전화드렸습니다."

지난달 코트다쥐르로 가던 기차에서 분실한 물건이었다. 그래, 그 기차 안이 틀림없다. 검표원에게 보여주려 차표를 웃옷에서 꺼내다가 수첩을 흘렸으리라.

"선생님 성함이 적힌 수첩을 제가 습득해서 말입니다."

수첩의 회색 표지에는 이렇게 쓰여 있었다. 이 수첩을 습득하시면 다음 주소로 보내주시기 바랍니다. 다라간은 어느 날 기계적으로 제 이름과 주소와 전화번호를 공란에 적어넣었다.

"댁으로 가져다드리겠습니다. 편하신 날 편하신 시간에요."

그래, 분명 느른하되 위협적인 목소리였다. 심지어 협박하는 말투처럼 들리기도 했다.

"밖에서 만나는 편이 좋겠군요."

다라간은 불안감을 억누르려 애썼다. 하지만 시큰둥한 양 내고 싶었던 목소리가 순간 자신이 듣기에도 얼빠진 목소리처럼 나왔다.

"좋으실 대로요, 선생님."

잠깐 침묵이 흘렀다.

“아깝습니다. 제가 지금 댁 바로 근처에 있거든요. 직접 뵙고 전해드렸으면 했는데요.”

다라간은 남자가 아파트 앞에 죽치고 서서 출입문을 지키고 있는 건 아닐까 하고 생각했다. 한시라도 빨리 남자에게서 벗어나야 했다.

“내일 오후에 만납시다.”

“그게 편하시면요. 그런데 그렇게 되면, 제 일터 부근이 좋겠습니다. 생라자르 역 쪽이에요.”

다라간은 하마터면 전화를 확 끊어버릴 뻔했으나 냉정을 되찾았다.

“아르카드 가 아십니까?” 남자가 물었다. “카페에서 만나는 게 어떨지요. 아르카드 가 42번지에 있습니다.”

다라간은 주소를 받아 적었다. 그러곤 숨을 가다듬고 말했다.

“알겠습니다. 아르카드 가 42번지에서 내일 오후 다섯시요.”

그는 말을 마치곤 상대의 대답도 듣지 않고 전화를 끊었다. 그러고는 그토록 거칠게 행동한 걸 곧바로 후회했지만, 그것을 며칠 전부터 파리를 내리누르고 있는 무더위 탓으로 돌렸다. 9월치고는 이례적인 더위였다. 더위 때문에 그는 더 고독해졌다. 더위 때문에 해질녘까지 이 방에 갇혀 있을 수밖에 없었다. 게다가 전화가 울리지 않은 지도 벌써 여러 달이었다. 책상에 놓인 휴대전화는 마지막에 쓴 게 언제였는지도 가물가물했다. 그는 기껏해야 전화를 거는 법만 알았고, 자판을 누르다보면 곧잘 실수를 했다.

알지도 못하는 남자가 전화를 걸어오지 않았더라면 다라간은 수첩을 잃어버린 사실도 아예 잊었을 터였다. 수첩에 적힌 이름들을 떠올려보았다. 아닌 게 아니라 지난주, 다라간은 수첩 내용을 복원하고자 백지에 이름들을 내리 적어보았다. 그러나 얼마 안 가 종이를 찢어버렸다. 그 이름들 가운데 그의 인생에서 중요한 사람은 하나도 없었다. 중요한 사람들에 대해서는 이미 속속들이 외우고 있었으므로, 주소며 전화번호를 적어둘 필요가 없었다. 그 수첩에는 말하자면 그저 '직업상'의 관계, 소위 유용한 연락처가 서른 남짓 들었을 뿐이었다. 그중에는 더는 쓸 일이 없어 빼버려야 할 것도 몇 있었다. 다라간이 수첩을 잃어버리고 마음이 쓰였던 이유는 단 하나, 거기에 자신의 이름과 주소를 적어두었기 때문이었다. 물론, 약속을 지키지 않고 그 남자를 아르카드 가 42번지에서 공연히 기다리게 하는 방법도 있다. 하지만 그렇게 하면 유예된 무언가가, 어떤 위협이 그대로 남으리라. 고독한 오후가 더디 흘러가는 날이면, 다라간은 전화벨이 울리고 어떤 부드러운 목소리가 만남을 청해오는 꿈을 꾸곤 했다. 전에 읽은 소설의 제목이 떠올랐다. '만남의 시간'. 아마 그의 만남의 시간이 아직 다하지 않은 모양이었다. 하지만 조금 전 목소리는 믿음직스럽지 못했다. 느른하되 위협적인 그 목소리는. 그랬다.

*

다라간은 택시 기사에게 마들렌 성당 앞에서 세워달라고 했다. 앞선 날들만큼 덥지는 않아서 인도의 그늘진 곳으로 다니면 걸을 만했다. 다라간은 내리쬐는 볕 속에서 텅 비고 적막한 아르카드 가를 따라 걸었다.

이 부근에 발을 들이지 않은 지 퍽 오래였다. 그의 어머니가 근처 극장에서 배우로 일했고, 아버지가 길 끝 왼편에 있는 오스만 대로 73번지에 사무실을 갖고 있었다는 것이 기억났다. 73이라는 숫자가 아직 기억에 남아 있다는 사실이 놀라웠다. 하지만 그 과거는 전부 시간 속에서 어슴푸레해졌다. 햇빛을 받으면 흩어지는 연무처럼.

카페는 아르카드 가와 오스만 대로가 만나는 모퉁이에 있었다. 내부는 한산했다. 긴 카운터 위로 겹겹이 설치된 선반이 보였는데, 그 모습이 셀프서비스 식당이나 지금은 없어진 패스트푸드점 '윔피'와 비슷했다. 다라간은 안쪽 테이블에 자리를 잡았다. 누군지도 모르는 그 남자가 나타날까? 카페 문은 하나는 아르카드 가로, 다른 하나는 오스만 대로로 나 있었는데 날이 더워 열려 있었다. 아르카드 가 저편으로 덩치 큰 73번지 건물이 보였다. 아버지 사무실 창문 하나가 이쪽을 바라보지 않았나 하는 생각이 들었다. 몇층이었더라? 하지만 이런 기억들은 비눗방울처럼, 잠에서 깨면 날아가버리는 꿈의 조각들처럼 차츰 그에게서 빠져나갔다. 어머니를 기다리던 마튀랭 가 극장 앞 카페나 소싯적 수시로 찾던 생라자르 역 인근이었더라면 기억이 더 생생하게 살아났을 텐데. 아니, 그마저도 아니다. 이곳은 이제 그때와는 다른 도시다.

"장 다라간 씨 되십니까?"

다라간은 그 목소리를 알아들었다. 앞에 마흔 남짓한 남자가 서 있었고, 곁에는 더 젊은 여자가 있었다.

"질 오톨리니입니다."

느른하되 위협적인, 그 목소리. 남자가 여자를 가리키며 말했다.

"친구인데…… 샹탈 그리페라고 합니다."

다라간은 두 사람에게 손도 내밀지 않고 의자에 가만히 앉아 있었다. 남녀가 다라간을 마주하고 앉았다.

"죄송하게 됐습니다. 저희가 조금 늦었지요."

남자는 건들대는 말씨를 썼는데, 아무래도 태연한 체하려는 심산인 듯했다. 그래, 목소리는 같은 목소리이되, 거기에는 다라간이 어제 전화로는 미처 포착하지 못한 남쪽 지방 억양이 알 듯 말 듯 섞여 있었다.

상앗빛 피부, 새까만 눈, 매부리코. 얼굴은 갸름해서 앞에서 보아도 옆에서 보는 것만큼 뾰족했다.

"물건 여기 있습니다." 남자가 어딘가 불편한 걸 감추려는 양 아까처럼 건들거리는 말투로 말했다.

그러면서 웃옷 주머니에서 연락처수첩을 꺼냈다. 그러고는 탁자에 내려놓더니 다섯 손가락을 쫙 벌린 채 손바닥으로 덮었다. 마치 다라간이 그걸 집는 걸 막으려는 듯했다.

여자는 관심을 받는 게 싫은 듯 조금 뒤로 물러나 앉아 있었다. 서른 남짓한 여자로, 머리는 어깨 길이에 갈색이었고 옷은 위아래 검은 셔츠에 검은 바지 차림이었다. 여자가 다라간에게 불안한 시선을 던졌다. 여자의 광대뼈와 옆으로 긴 눈을 보고, 다라간은 여자가 베트남이나 중국 출신이 아닐까 하는 생각을 했다.

"이 수첩은 어디서 났습니까?"

"주웠습니다. 리옹 역에 있는 레스토랑 의자 밑에서요."

남자가 수첩을 내밀었다. 다라간은 그것을 주머니 속에 넣었다. 아닌 게 아니라, 코트다쥐르로 떠나던 날 리옹 역에 일찍 도착해 이층 레스토랑에 자리잡고 앉았던 일이 떠올랐다.

"마실 것은 뭘로 하시겠습니까?" 질 오톨리니라는 남자가 물었다.

다라간은 이만 두 사람과 헤어지고 싶었다. 하지만 마음을 고쳐먹었다.

"슈웹스요."

"주문받을 사람 좀 찾아봐. 나는 커피로." 오톨리니가 여자를 보고 말했다.

여자가 재까닥 일어났다. 남자에게 복종하는 습관이 몸에 밴 듯했다.

"수첩을 잃어버려 불편하셨겠습니다."

이렇게 말하면서 남자가 묘한 미소를 띠었는데, 그것이 다라간에게는 불손해 보였다. 하지만 자기 딴에는 어색함이나 수줍음의 표현인 것 같았다.

"그게, 이제는 전화를 걸 일이 사실상 없어놔서요."

남자가 놀란 눈치였다. 여자가 자리로 돌아와 앉았다.

"이 시간에는 장사 안 한대요. 곧 문 닫을 거라고."

다라간은 그제야 처음 여자의 목소리를 들었는데, 허스키한 그 음성에는 남자에게 있는 가벼운 남쪽 억양이 없었다. 오히려 파리 억양이 들렸다. 파리 억양이라는 말이 이 시대에도 통한다면 말이지만.

"이 근방에서 일하십니까?" 다라간이 물었다.

"광고 회사에 다니는데, 파스키에 가에 있습니다. 스베르트 에 이전시라고."

"그쪽분도요?"

다라간이 여자에게 물었다.

"아니요." 여자가 대답할 틈을 주지 않고 오톨리니가 말했다. "이쪽은 지금 쉬고 있습니다." 그러면서 다시금 예의 어색한 미소를 지었다. 여자도 미소를 띠었다.

다라간은 얼른 가고 싶었다. 지금 당장 나가지 않으면, 이 남녀에게서 벗어나는 때가 오기는 올까?

"터놓고 말씀드리자면……" 남자가 다라간 쪽으로 몸을 수그리며 운을 뗐는데, 그 목소리는 아까보다 날이 서 있었다.

다라간은 어제 전화를 받았을 때와 같은 기분을 느꼈다. 그래, 이 남자는 벌레처럼 끈덕지다.

"제가 실례를 무릅쓰고 수첩을 훑어봤습니다. 그저 궁금해서……"

여자가 고개를 돌렸다. 마치 들리지 않는다는 듯.

"저를 탓하시겠습니까?"

다라간은 남자의 눈을 똑바로 응시했다. 남자는 그 시선을 견뎠다.

"내가 왜 그쪽을 탓하겠소?"

침묵. 남자는 결국 눈을 내리떴다. 그러더니 여전한 금속성 목소리로 말을 이었다.

"그 수첩에서 어떤 사람의 이름을 봤습니다. 선생님께 그 사람에 대한 정보를 좀 얻었으면 합니다만……"

남자의 말씨가 공손해졌다.

"제가 경우가 없어도 용서하시고요."

"누구 말입니까?" 다라간이 내키지 않으면서도 물었다.

그는 즉시 자리에서 일어나 오스만 대로 쪽으로 열린 문가로 잰걸음치고 싶었다. 그러고는 확 트인 곳에서 숨을 쉬고 싶었다.

"기 토르스텔이라는 사람입니다."

남자는 그 성과 이름을, 마치 상대의 잠든 기억을 깨우려는 양 음절마다 뚝뚝 끊어 말했다.

"누구라고요?"

"기 토르스텔."

다라간은 주머니에서 수첩을 꺼내 'T' 쪽을 폈다. 페이지 맨 윗줄에 기 토르스텔이라는 이름이 보였으나, 떠오르는 것은 아무것도 없었다.

"누군지 통 모르겠군요."

"정말입니까?"

남자는 실망한 것 같았다.

"전화번호가 일곱 자리 아닙니까. 못 돼도 서른 해는 됐다는 이야기인데……"

다라간은 수첩을 뒤적여보았다. 다른 전화번호들은 모두 현대식 열 자리였다. 그리고 다라간이 이 수첩을 사용한 건 고작해야 오 년 전부터였다.

"이름을 보고 생각나는 게 없으십니까?"

"없어요."

몇 년 전만 되었더라도, 다라간은 자타가 공인하는 특유의 친절을 발휘해 이렇게 말했을 것이다. "잠깐 시간을 주시죠, 수수께끼를 풀어봅시다." 하지만 그런 말은 나오지 않았다.

"발단은, 제가 어떤 사건에 대해서 꽤 많은 정보를 수집했는데," 남자가 이어 말했다. "거기에 그 이름이 나옵니다. 일이 그렇게 된 겁니다."

남자가 갑자기 방어 자세를 취하는 것 같았다.

"어떤 사건입니까?"

다라간은 몸에 익은 조건반사 같은 예의를 되찾은 듯 기계적으로 질문을 던졌다.

"아주 오래된 사건인데, 제가 관련 기사를 한 편 쓰고 싶어서…… 그게, 처음에는 제가 언론 쪽에서 일을 시작했거든요."

다라간의 주의는 흐트러지고 있었다. 정말 한시라도 빨리 이들과 헤어져야 한다. 그러지 않으면 이 남자가 제 한평생을 읊을 참이다.

"미안해요. 토르스텔이라는 사람은 기억이 안 납니다. 이 나이가 되면 기억력이 떨어지는 법이라…… 안됐지만 나는 이만 가봐야겠습니다."

다라간은 일어나 두 사람 모두와 악수를 나누었다. 오톨리니는, 마치 다라간에게 능욕을 당해 격한 방식으로 되갚을 채비를 하는 사람처럼 그에게 사나운 시선을 던졌다. 여자는 그냥 눈을 내리뜨고 있었다.

다라간은 오스만 대로로 활짝 열린 유리문을 향해 가며 남자가 그의 발길을 막아서지 않기를 바랐다. 밖으로 나왔을 때, 그는 가슴 가득 숨을 불어넣었다. 어떻게 이런 한심한 생각을 했을까. 석 달 전부터 아무도 만나지 않았고, 그런다고 해서 못 지낼 것도 없던 내가 모르는 사람을 만나다니…… 오히려 반대였다. 그는 그 고독 속에서 기이한 고양의 순간을 밤낮으로 맞이하며 생애 최고로 가뿐한 느낌이 들었다. 마치 아직도 모든 것이 가능

한 양. 그리고 오래된 영화 제목처럼, 저 길모퉁이에서 모험이 기다리고 있는 양…… 단 한 번도, 하물며 청춘 시절의 여름날에도, 올여름 들어서만큼 인생의 무게가 느껴지지 않은 적이 없었다. 하지만 여름은 모든 것이 유예되는 계절이고, 그래서 '형이상학적인' 계절이라고 그를 가르친 철학 교수 모리스 카뱅은 일찍이 말했다. '카뱅'이라는 이름은 기억하면서도 토르스텔이라는 사람에 대해서는 영 깜깜하다니, 재미있는 일이었다.

아직 해가 다 넘어가기 전이었고, 산뜻한 미풍이 열기를 식히고 있었다. 그 시간 오스만 대로는 한산했다.

다라간은 지난 오십 년 동안 이곳을 자주 지나쳤고, 유년 시절에도 어머니에게 이끌려 저 위쪽으로 조금 떨어진 프랭탕 백화점에 갈 때면 이곳을 거쳐서 갔다. 하지만 오늘 저녁에는 이 도시가 낯설었다. 그는 여태 이 도시에 그를 묶어놓았을 닻줄이란 닻줄은 다 진즉 풀어버렸다. 그게 아니라면 이 도시가 그를 내쳐버렸다.

다라간은 벤치에 자리잡고 앉아 주머니에서 연락처수첩을 꺼냈다. 수첩을 박박 찢어 벤치 옆 녹색 플라스틱 쓰레기통에 흩뿌려버릴 작정이었다. 하지만 망설여졌다. 아니다, 조금 있다가 하자, 집에 가서, 아무도 없는 곳에서. 다라간은 심드렁하게 수첩을 뒤적였다. 전화번호들 가운데 행여 걸어보고픈 마음이 드는 것은 하나도 없었다. 그리고 거기서 빠진 번호 두셋은, 중요했기에 그가 여태 외우고 있는 그 번호들은 이제 불통일 것이었다.

아침 아홉시쯤 전화벨이 울렸다. 그는 막 깨어나 있었다.

"다라간 선생님? 질 오톨리니입니다."

남자의 목소리는 어제만큼 공격적이지는 않았다.

"어제는 죄송하게 됐습니다. 아무래도 제가 성가시게 해드린 것 같아서요"

남자의 말씨는 싹싹했고, 공손하기까지 했다. 다라간을 그토록 자극하던 예의 곤충 같은 끈기는 찾아볼 수 없었다.

"어제, 저도 따라나서려고 했었습니다. 하도 급작스럽게 나가셔서……"

침묵. 하지만 위협적인 침묵은 아니었다.

"저기, 제가 선생님 책을 몇 권 읽었습니다. 『그 여름의 어둠』

을 비롯해서요."

『그 여름의 어둠』. 다라간은 몇 초가 지나서야 그것이 자신이 과거에 쓴 소설이라는 것을 깨달았다. 그의 첫 소설. 아주 먼 옛날의 일……

"『그 여름의 어둠』을 아주 좋게 읽었습니다. 선생님 수첩에 들어 있다고 제가 말씀드린 이름, 토르스텔 말입니다, 그 이름을 『그 여름의 어둠』에서 쓰셨지요."

다라간은 도무지 기억이 없었다. 책 자체에 대해서도 그랬다.

"확실합니까?"

"이름만 달랑 쓰시기는 하셨어도……"

"『그 여름의 어둠』을 다시 읽어봐야겠군요. 그런데 나한테는 한 부도 남아 있지 않아서."

"제가 가진 걸 빌려드릴 수 있습니다."

남자의 말투가 다라간의 귀에는 전보다 뚝뚝해서 건방지게까지 들렸다. 아마도 그의 착각이었을 것이다. 너무 오래 고독하게 살다보면—다라간은 여름 들어 아무하고도 대화를 나누지 않았으니까—사람은 타인에 대해 의심도 많아지고 까다로워져서 그들을 오판할 우려가 커진다. 그래, 그들은 그렇게까지 무례하지 않다.

"어제는 우리가 시시콜콜 이야기를 나눌 시간이 없었지요. 그래, 그쪽에서 그 토르스텔이라는 사람에게 기대하는 것이 뭡니까?"

다라간은 예의 쾌활한 목소리를 되찾았다. 누군가와 이야기를 하는 것만으로도 그리됐다. 체조를 해서 몸의 유연성을 되찾는 것과 얼마간 비슷한 일이었다.

"그 사람이 오래전 일어난 한 사건에 연루되어 있는 것 같은데…… 다음에 만날 때 서류를 전부 보여드리겠습니다. 사건에 관한 기사를 쓰고 있다는 말씀은 벌써 드렸지요."

이렇듯, 남자는 다라간을 다시 보려 한다. 안 될 건 무언가? 언젠가부터 다라간은 새로운 얼굴들이 그의 인생에 등장할 수도 있다는 생각을 하면 어딘가 달갑지 않았다. 하지만 또 어떨 때는 여전히 자신에게 수용의 여지가 남아 있다고 느꼈다. 그날그날 달랐다. 결국 그는 남자에게 말했다.

"한데, 내가 어떻게 도움이 될 수 있을까요?"

"제가 일 때문에 이틀간 자리를 비워야 합니다. 다녀와서 연락드리겠습니다. 그때 약속을 잡고요."

"그러죠."

다라간의 심정은 이미 어제와 달랐다. 어제는 분명 이 질 오톨리니라는 사내를 치우친 눈으로, 악의를 담은 눈으로 바라보았을 터였다. 그건 다라간을 선잠에서 거칠게 끄집어낸 오후의 전화벨 소리 때문이었다. 몇 달 전부터 통 잠잠하던 전화벨이 울리니 겁을 먹고, 마치 새벽에 누군가 그의 집 문을 두드리기라도 한 것처럼 위협을 느낀 것이다.

다라간은 『그 여름의 어둠』을 다시 읽고 싶은 마음이 없었다. 읽는다 해도 다른 사람이 쓴 소설 같은 느낌이 들 것 같았다. 그냥 질 오톨리니에게 토르스텔이 등장하는 쪽만 복사해서 달라고 부탁해야겠다. 하지만 그런다고 해서 무언가가 떠오를까?

다라간은 수첩 'T' 쪽을 펴고 '기 토르스텔 423 40 55'에 밑줄을 그은 뒤 이름 옆에 물음표를 덧달았다. 이 수첩은 다라간이 전에 쓰던 수첩을 보며 한 쪽 한 쪽 베껴쓴 것이었고, 그러면서 고인이 된 이름들과 구식 전화번호들은 빼놓았다. 기 토르스텔이라는 이름은 아마도 그가 잠시 주의를 게을리한 사이 수첩 한쪽 맨 위에 은근슬쩍 자리를 잡았으리라. 족히 삼십 년은 됐을 이전 수첩을 찾아봐야겠다. 다른 옛 이름들 사이에서 이 이름을 다시 보면 기억이 되살아날지도 모른다.

하지만 오늘은 수납장과 서랍을 뒤져볼 엄두가 나지 않았다. 『그 여름의 어둠』을 다시 읽을 엄두는 더더구나 나지 않았다. 게다가 다라간은 얼마 전부터 오직 한 작가의 책만 읽고 있었다. 뷔퐁. 다라간은 그의 명료한 문체에 커다란 위안을 얻는 한편, 일찍이 그에게서 영향을 받지 못한 것을 안타까워했다. 동물, 심지어 꽃과 나무가 주인공으로 등장하는 소설을 쓸 수도 있었으련만…… 만일 지금 누군가 다라간에게 어떤 작가가 되기를 꿈꾸느냐 묻는다면 그는 망설이지 않고 이렇게 대답할 것이다. 뷔퐁 같은 작가가 되어 꽃과 나무에 대해 쓰겠다고.

그날 오후, 요전날과 같은 시각에 전화가 울렸다. 다라간은 이번에도 질 오톨리니일 거라고 생각했다. 하지만 아니었다. 여자 목소리였다.

"샹탈 그리페예요. 기억하세요? 어제 질하고 같이 만났었지요. 성가시게 할 생각은 없습니다만……"

여자의 목소리는 멀었고 전화 잡음이 섞여 있었다.

침묵.

"꼭 만났으면 합니다, 다라간 선생님. 질에 대한 이야기를 드릴까 해서요."

이제야 목소리가 가까워졌다. 샹탈 그리페라는 여자가 제 소심함을 물리치는 데 성공한 모양이었다.

"어제저녁 그렇게 나가시고, 질은 선생님이 자기한테 화가 나신 게 아닐까 걱정했어요. 지금은 일 때문에 이틀 동안 리옹에 가 있는데…… 오후 느지막이 우리 둘만 만나는 거 어떠세요?"

샹탈 그리페라는 여자의 목소리에 자신감이 붙었다. 얼마간 망설이다 이제 물속으로 몸을 던지려는 잠수부처럼.

"다섯시쯤 괜찮으세요? 저희 집 주소는 샤론 가 118번지예요."

다라간은 수첩을 펼쳐 기 토르스텔의 이름이 적힌 쪽에 주소를 받아 적었다.

"오층, 복도 끝 집이에요. 일층 편지함에 이름이 쓰여 있어요. 거기에는 조제핀 그리페라고 돼 있어요. 제가 이름을 바꾼지라……"

"샤론 가 118번지. 여섯시에 봅시다. 오층이라고요." 다라간이 재차 확인했다.

"네, 맞아요. 질에 관한 이야기를 하려는 것이고요."

전화를 끊은 후, 여자가 끝으로 입에 담은 문장 '질에 관한 이야기를 하려는 것이고요'가 알렉상드랭 시구의 종장처럼 다라간의 머릿속에서 메아리쳤다. 왜 이름을 바꾸었느냐고 여자에게 물어봐야 할 것 같았다.

*

주변 건물들보다 높고 길에서 조금 물러나 앉은 벽돌 건물이었다. 다라간은 승강기를 타지 않고 오층까지 걸어서 올라가는 편을 택했다. 복도 끝 집 문에 '조제핀 그리페'의 명함이 붙어 있었다. '조제핀'에는 가로줄이 그어져 있었고, 그 이름을 보랏빛 잉크로 쓰인 '샹탈'이 대신하고 있었다. 다라간이 초인종을 누르려는데 문이 열렸다. 여자는 카페에서 본 날처럼 검은색 옷차림을 하고 있었다.

"초인종이 고장이 나서요. 오시는 발소리를 들었어요."

여자는 웃는 얼굴로 이렇게 말하곤 문지방에 그대로 서 있었다. 마치 다라간을 안으로 들일까 말까 망설이는 것 같았다.

"뭣하시면, 나가서 한잔하는 수도 있고요." 다라간이 말했다.

"아니에요. 들어오세요."

크지도 작지도 않은 방이 나왔다. 오른쪽으로 문이 열려 있었는데, 욕실로 이어진 문 같았다. 천장에는 백열전구가 매달려 있었다.

"집이 넓지 않아요. 하지만 이야기를 나누기에는 더 나을 거예요."

여자는 창문 둘 사이에 놓인 조그마한 밝은색 나무 책상 쪽으로 가더니 의자를 들고 돌아와 침대 곁에 놓았다.

"앉으세요."

여자는 침대에 걸터앉았다. 아니, 깔판이 없었으므로 침대보다는 매트리스라고 불러야 하리라.

"여기가 제 집이고, 질은 17구에 이보다 넓은 집을 구했어요. 그레지보당 단지 쪽에요."

여자가 고개를 들고 다라간에게 말했다. 다라간은 차라리 땅바닥에 앉거나, 아니면 여자와 같이 침대에 걸터앉는 편이 나을 것 같았다.

"질은 그 기사를 쓰는 데 선생님 도움을 받을 거라고 크게 기대하고 있어요. 실은 책도 한 권 낸 적이 있는데, 그것까지는 말할 엄두를 못 냈나봐요."

여자는 침대로 몸을 젖히더니 팔을 뻗어 곁탁자에서 녹색 표지 책을 집었다.

"이거예요. 질에게는 제가 빌려드렸다는 말은 하지 마시고요……"

『경마소요競馬逍遙』라는 제목의 얇은 책으로, 책등을 보니 삼 년 전 사블리에 출판사에서 나온 것이었다. 다라간은 책을 펼치고 목차를 훑었다. 책은 크게 두 장으로 나뉘었는데, '경마장'과 '기수 학교'가 각 장 제목이었다.

여자는 옆으로 기름한 눈으로 다라간을 빤히 바라보았다.

"우리 둘만 만났다는 사실을 그 사람은 모르는 편이 나아요."

여자는 일어나더니 반쯤 열려 있던 창문을 닫고는 다시 침대에 걸터앉았다. 다라간이 보기에는 행여 누군가 두 사람의 이야기를 엿들을까봐 창문을 닫은 것 같았다.

"질은 스베르트 광고 회사에서 일하기 전에, 경마와 말에 관한 기사를 전문 잡지나 신문에 썼어요."

여자는 비밀을 토로하려는 사람처럼 망설였다.

"어렸을 때는 메종라피트에 있는 기수 학교에 다녔고요. 하지만 너무 고돼서 중도에 포기하고…… 책을 보면 아실 거예요."

다라간은 열심히 들었다. 그토록 빠르게 타인의 삶 속으로 들어갈 수 있다는 것이 신기했다. 그는 그의 나이쯤 되면 그런 일이 한편으론 본인이 귀찮아서, 다른 한편으론 사람들이 자신에게서 멀어지고 있다는 생각에 더는 일어나지 않을 거라 여기고 있었다.

"질은 저를 경마의 세계로 이끌었어요. 돈 거는 법도 가르쳐주고…… 아시죠, 경마가 일종의 마약이라는 거."

여자가 갑자기 슬퍼 보였다. 다라간은 여자가 자신에게서 물적으로든 심적으로든 모종의 의지할 곳을 찾는 게 아닐까 하는 생각이 들었다. 그리고 여자가 끝으로 꺼낸 말은 뇌리에 박히고 보니 하도 심각해 웃음이 날 것 같았다.

"그러면 지금도 경마를 하러 갑니까?"

"질이 스베르트에서 일하고부터는 가는 게 뜸해지고 있어요."

여자가 목소리를 낮춰 말했다. 질 오톨리니가 갑자기 방으로 쳐들어와 두 사람을 덮칠까 염려하는 사람 같았다.

"질이 기사를 쓰느라 모아둔 메모를 보여드릴게요. 아마 그 사람들을 다 아실 것 같은데……"

"그 사람들이라뇨?"

"예를 들면 질이 지난번에 말한 사람, 기 토르스텔이라든가요."

여자는 또 침대로 몸을 젖혀 걸탁자 밑에 있던 하늘색 종이서류철을 집어와 펼쳤다. 서류철 안에는 타자기로 친 서류와 책 한 권이 들어 있었다. 여자는 『그 여름의 어둠』을 다라간에게 내밀었다.

"그냥 가지고 있는 편이 좋겠습니다." 다라간이 건조하게 말했다.

"질이 기 토르스텔이라는 사람이 언급된 쪽에 표시를 해두었어요."

"그 부분은 그 사람에게 복사해달라고 하겠습니다. 그러면 책을 다시 읽을 일도 없을 테고요."

여자는 다라간이 자기 책을 다시 읽고 싶어하지 않는다는 사실이 놀라운 모양이었다.

"이따가, 질이 해둔 메모들도 복사해서 가져가세요."

그러면서 여자는 타자기로 친 서류를 가리켰다.

"하지만 모든 건 우리 사이에서만 있었던 일로 해주셔야 돼요."

다라간은 의자에 앉은 몸이 뻣뻣하게 굳어오는 것 같아, 멀쩡하게 보이고 싶은 마음에 질 오톨리니의 책을 뒤적였다. '경마장' 장章에서, 대문자로 인쇄된 단어를 하나 발견했다. 트랑블레. 그러자 이 단어가 그의 내부에 있는 무언가에 그 자신도 모르게 찰칵 하고 시동을 걸었다. 잊고 지낸 삶의 편린 하나가 서서히 기억 속에서 떠오르는 것 같았다.

"보면 아시겠지만, 재미있는 책이에요."

여자가 고개를 들더니 다라간을 보고 미소를 지었다.

"여기 산 지는 오래됐습니까?"

"이 년 됐어요."

여러 해 동안 덧바르지 않았을 베이지색 벽, 작은 책상, 안마당으로 난 창문 둘…… 다라간도 샹탈 그리페라는 여자 나이 적에, 그리고 그보다 더 어렸을 적에 이런 방을 전전하며 지냈다. 하지만 그 방들은 도시 동쪽에 있지는 않았다. 남쪽으로 더 내려가 14구나 15구 외곽에 있었다. 북서쪽으로 올라가, 여자가 조금 전 신기한 우연처럼 입에 올린 그레지보당 단지에도 있었다. 그리고 피갈 역과 블랑슈 역 사이 몽마르트르 언덕 발치에도 있었다.

"질이 오늘 아침 리옹에 가기 전에 전화드린 거 알아요. 특별한 이야기는 없었나요?"

"그냥 다시 보자고요."

"화나신 게 아닐까 걱정하더군요."

질 오톨리니는 아마도 오늘 두 사람의 만남에 대해 알고 있었을 것이다. 그는 다라간의 입을 열게 하는 데 자기보다 여자가 더 잘 먹힐 거라 판단했다. 마치 취조를 하다 서로 인수인계하는 경찰들처럼. 아니다, 그는 리옹으로 떠나지 않고 저 문 너머에서 대화를 엿듣고 있다. 이런 생각에 다라간은 웃음이 났다.

"경우 없지만, 왜 이름을 바꾸었는지 궁금하군요."

"샹탈이 조제핀보다 간단한 것 같아서요."

여자는 개명이 심사숙고의 결과였다는 듯 진지하게 대답했다.

"요즘에는 샹탈이라는 이름을 아무도 안 쓰는 것 같은데. 그 이름은 어떻게 찾았어요?"

"달력을 보고 골랐어요."

여자는 하늘색 종이서류철을 침대 위 자기 옆에 내려놓았다. 큼직한 사진 한 장이 『그 여름의 어둠』과 타이핑한 서류 사이로 반쯤 삐져나왔다.

"뭡니까, 그 사진은?"

"어떤 아이 사진인데, 자료에 들어 있었어요."

다라간은 '자료'라는 표현이 마음에 들지 않았다.

"질은 경찰서에서 문제의 사건에 대한 정보를 얻었어요. 경마를 하는 어떤 경찰관이랑 안면을 텄거든요. 그 경찰관이 옛 문서들을 뒤졌어요. 이 사진도 찾아주었고요."

여자의 목소리가 어제 카페에서 봤을 때의 허스키한 목소리로 되돌아왔다. 여자 나이를 생각하면 놀라운 목소리였다.

"괜찮으시면 내려가 앉아도 되겠습니까?" 다라간이 물었다. "의자가 너무 높군요."

그는 침대 발치 바닥에 앉았다. 이제 두 사람의 높이가 나란해졌다.

"아니에요, 불편하실 텐데…… 침대로 올라오세요."

여자가 몸을 숙여 두 사람의 얼굴이 바짝 가까워진 바람에, 여자의 왼쪽 광대뼈에 난 작은 상처가 다라간의 눈에 들어왔다. 트랑블레. 샹탈. 그레지보당. 말言들이 그를 인도했다. 벌레에 쏘이면 처음에는 별일이 아닌 것 같다가, 통증이 점점 심해지며 얼마 안 가 살이 째지는 느낌이 든다. 현재와 과거가 서로 뒤섞이며 자연스레 혼재하는 것은 둘을 구분짓는 것이 셀로판지 한 장뿐이기 때문이다. 벌레에 쏘이기만 해도 셀로판지는 찢어진다. 어느 해였는지 정확히 댈 수는 없어도 다라간은 아주 젊었고, 딱 이만큼 작은 방에서 샹탈—당시에는 퍽 흔했던 이름—이라는 여자와 함께 있었다. 샹탈의 남편인 폴이라는 남자와 부부의 친구들은 토요일이면 으레 그러듯 파리 인근 카지노로 도박을 하러 갔다. 앙기앵으로, 포르주레조로…… 그리고 이튿날 돈을 좀 챙겨 돌아왔다. 다라간과 샹탈은 일행이 돌아올 때까지 그레지보당 단지 작은 방에서 밤새 함께 있었다. 폴은 경마장에도 출입했다. 꾼이었다. 그는 늘 '배수倍數걸기'에 대한 설을 푸느라 여념이 없었다.

다른 샹탈—현재의 샹탈—이 일어나 창문 둘 중 하나를 열었다. 방안이 꽤 더워지려는 참이었다.

"질의 전화를 기다리는 중이에요. 여기 계시다는 말은 안 하려고요. 그 사람을 도와준다고 약속해주시겠어요?"

또 한번 다라간은 여자와 질 오톨리니가 서로 작당을 하곤, 그에게 숨 돌릴 틈도 주지 않고 제각기 그와 약속을 잡았다는 느낌이 들었다. 하지만 대체 무슨 목적으로? 그리고 그 남자를 구체적으로 어떻게 돕는단 말인가? 다라간 자신은 아직 아무것도 아는 바 없는 옛 사건에 관한 기사 쓰기를 돕는다? 아무리 '자료'—여자의 표현을 따르면—가, 침대 위 여자 곁에 펼쳐져 있는 종이 서류철에 담긴 그 자료가 어느 정도 생각의 실마리를 풀어줄지 모르기는 해도 말이다.

"도와준다고 약속해주시겠어요?"

여자가 한층 집요하게 검지를 흔들며 물었다. 다라간은 그 행동이 협박인지 아닌지 분간할 수가 없었다.

"그 사람이 내게 원하는 게 무엇인지 정확하게 말해준다면요."

욕실에서 날카로운 신호음이 울렸다. 그러더니 멜로디가 이어졌다.

"제 휴대전화 소리예요. 질일 거예요."

여자는 욕실로 들어가, 다라간이 말소리를 못 듣게 하려는 양 문을 닫았다. 다라간은 침대 가장자리로 옮겨 앉았다. 현관 근처 벽에 그때까지 보지 못한 옷걸이가 붙어 있었고, 거기에 새틴으로 됐음직한 검은 드레스가 걸려 있었다. 양어깨 아래쪽엔 제비가 금사로 수놓여 있었다. 허리와 양 손목에는 지퍼가 달려 있었다. 벼룩시장에서 구했을 법한 옛날식 드레스였다. 다라간은 노란 제비 두 마리가 수놓인 검은 새틴 드레스를 입은 여자를 상상했다.

욕실 문 너머에서는 긴 침묵의 순간이 이어졌고, 그때마다 다라간은 통화가 끝난 줄 알았다. 하지만 이내 허스키한 목소리로 "아냐, 내가 약속할게" 하고 여자가 말하는 소리가 들려왔고, 이 말은 두세 번 더 들려왔다. "아니, 그건 사실이 아니야"라거나 "당신이 생각하는 것보다 일이 훨씬 더 간단해"라고 말하는 소리도 들렸다. 듣자하니 질 오톨리니가 무슨 일로 여자를 나무라거나 여자에게 제 걱정을 털어놓는 것 같았다. 그리고 여자는 남자를 달래려 했다.

통화가 길어지자 다라간은 말없이 그 집에서 나가고 싶었다. 그는 젊었을 적엔 조금만 틈이 보여도 사람들이 모인 자리에서 내빼곤 했는데, 그러면서 스스로도 그 이유를 잘 몰랐다. 사람들과 떨어져 시원한 공기를 들이마시고 싶어서 그랬을까? 하지만 오늘은 상황에 쓸데없이 맞서는 대신 상황이 흘러가는 대로 따라가야 할 것 같았다. 그는 하늘색 종이서류철에서 조금 전 눈길을 끌었던 사진을 꺼냈다. 처음 눈에 들어온 것은 그것이 증명사진의 확대본이라는 것이었다. 주인공은 일곱 살가량의 아이로, 1950년대 초 유행한 짧은 머리 모양을 하고 있었지만 요즘 아이라고 해도 무리는 없었다. 지금 우리는 그제와 어제와 오늘의 유행이 모두 혼재하는 시대를 살고 있으니, 아이들 사이에서 이 옛날 머리 모양이 다시 유행하고 있을지도 모르는 일이다. 한번 알아봐야겠다는 생각이 들자, 다라간은 얼른 거리로 나가 아이들의 머리 모양을 살펴보고 싶었다.

여자가 휴대전화를 손에 쥐고 욕실에서 나왔다.

"죄송해요, 통화가 길었죠. 기운을 북돋워주느라고요. 질은 가끔가다 모든 걸 너무 비관적으로 봐요."

여자가 다라간 옆으로 와 침대에 걸터앉았다.

"그렇기 때문에 선생님이 그 사람을 도와주셔야 돼요. 그 토르스텔이라는 사람이 누군지 기억하시면 참 좋아할 텐데…… 영 생각나는 게 없으세요?"

다시 시작된 취조. 이것이 오늘밤 몇시까지 계속될 것인가? 그는 아마 이 방에서 나가지 못할 것이다. 어쩌면 여자가 벌써 문을 걸어 잠갔으리라. 하지만 다라간은 해 저물 무렵이면 곧잘 그렇듯 조금 피곤하기만 할 뿐 아주 편안했다. 침대에 좀 누워도 되겠느냐고 여자에게 기꺼이 물어볼 수도 있을 것 같았다.

한 이름을 곱씹자니 거기에서 벗어날 수가 없었다. 트랑블레. 어느 가을 일요일에 샹탈과 폴을 따라서 간 남동쪽 교외 경마장. 폴은 관중석에서 저희 부부보다 나이든 한 남자와 잠깐 말을 주고받더니, 포르주레조 카지노에서 가끔 만나는데 경마장에도 드나드는 사람이라고 말해주었다. 그 남자가 일행에게 파리까지 자기 차로 같이 가자고 했다. 때는 한가을이었다. 푹푹 찌는 방에 들어앉아 언제 나갈 수 있으려나 헤아리고 있는 오늘 같은 인디언 서머가 아니었다. 여자가 하늘색 종이서류철을 덮어 제 무릎 위에 올려놓았다.

"선생님 보시게 복사를 하러 가야겠어요. 아주 가까워요."

여자가 말하면서 시계를 보았다.

"일곱시에 닫으니까, 아직 시간이 있어요."

나중에 그 가을날이 정확히 어느 해였는지 기억을 되살려봐야겠다. 일행은 트랑블레를 출발해 마른 강변을 달린 뒤 어둑해질 무렵 뱅센 숲을 가로질러 달렸다. 다라간은 운전하는 남자의 옆자리에 앉고 부부는 뒷자리에 앉았다. 남자는 폴이 그를 소개하며 이름이 장 다라간이라고 하자 놀라는 것 같았다.

그들은 트랑블레에서 열린 마지막 경마에 대해 두서없는 대화를 나누었다. 남자가 그에게 말을 걸었다.

"이름이 다라간이라고요? 예전에 그쪽 부모님을 만난 것 같은데."

그는 '부모'라는 말에 놀랐다. 자기에겐 부모가 한 번도 없었던 것 같았다.

"십오 년쯤 되었으려나, 파리 인근 집이었는데…… 아이가 하나 있었던 것이 기억나고."

남자가 그를 향해 고개를 돌렸다.

"그 아이가 그쪽이었나보네, 짐작건대."

다라간은 그가 더는 떠올리지 않는 인생의 한 시기에 관해 남자가 질문을 할까봐 지레 싫은 마음이 들었다. 더구나 남자에게 해줄 만한 말도 별로 없었다. 하지만 남자는 입을 닫았다. 그러더니 어느 순간 말을 이었다.

"이제는 파리 어느 쪽 교외였는지 기억이 안 나는군……"

"저도 안 납니다." 그래놓고 다라간은 그토록 통명하게 응수한 것을 후회했다.

그래, 그 가을날이 정확히 어느 해 어느 날이었는지 결국에는 떠오를 것이다. 하지만 지금은 여태 상탈이라는 여자와 침대에 나란히 앉아 있고, 꼭 깜빡 잠이 들었다가 깨어난 것 같은 기분이다. 다라간은 여자에게 다시 말을 걸었다.

"저 드레스를 자주 입습니까?"

그러면서 금빛 제비 두 마리가 수놓인 검은 새틴 드레스를 가리켜 보였다.

"이 방을 얻고 보니 여기 있었어요. 이전 세입자 물건인가봐요."

"아니면 전생에 당신 것이었거나요."

여자는 미간에 주름을 잡으며 경계하는 시선으로 다라간을 바라보았다. 그러고는 말했다.

"복사하러 가시죠."

그러면서 여자가 일어서는데, 다라간은 여자가 한시라도 빨리 방에서 나가고 싶어한다는 느낌을 받았다. 여자는 무엇이 두려운 것일까? 드레스 이야기는 꺼내지 말았어야 했는지 모른다.

집으로 돌아오니 꿈을 꾼 것 같았다. 인디언 서머와 더위 때문이리라.

여자는 그를 볼테르 대로에 있는 문방구로 데리고 갔다. 가게 안쪽에 복사기가 있었다. 타자기로 친 서류들은 예전에 '항공우편'을 보낼 때 쓰던 편지지만큼이나 얇았다.

두 사람은 가게에서 나와 잠깐 대로를 걸었다. 여자는 다라간과 헤어지기 싫은 것 같았다. 헤어지고 나면 다라간이 소식을 끊어, 수수께끼의 인물 토르스텔이 누구인지 질 오톨리니가 영영 알 수 없게 될까봐 걱정하고 있었는지도 모른다. 하지만 다라간 또한 홀로 아파트로 돌아갈 생각에 불안한 마음이 들었던 만큼, 기꺼이 여자와 함께 더 머물 의향이 있었다.

"오늘밤 자료를 읽다보면, 아마 기억이 되살아나실 거예요." 여자는 다라간이 손에 든, 복사물이 담긴 주황색 종이서류철을 가리켰다. 여자는 아이 사진까지 굳이 복사했다. "오늘밤 몇시든 전화하셔도 괜찮아요. 질은 내일 오후에야 돌아오니까…… 그걸 다 보시고 떠오르는 생각이 있다면 제가 꼭 알았으면 좋겠어요."

그러면서 여자는 지갑에서 명함을 한 장 꺼냈다. 여자의 이름 샹탈 그리페, 주소 샤론 가 118번지, 그리고 전화번호가 거기 적혀 있었다.

"이제 돌아가야겠어요. 질이 전화를 할 텐데 깜박하고 휴대전화를 두고 나왔어요."

두 사람은 발길을 돌려 샤론 가를 향해 걸었다. 둘 다 말이 없었다. 굳이 말할 일이 없었다. 여자가 둘이 나란히 걷는 것을 자연스럽게 여기는 듯해, 다라간은 만일 자신이 여자의 팔을 붙잡으면 마치 오랫동안 알고 지낸 사이인 듯 여자가 그냥 내버려둘 것 같았다. 두 사람은 샤론 역 계단 앞에서 헤어졌다.

이윽고 다라간은 집필실에 자리를 잡고 '자료'의 서류들을 뒤적였으나, 그것을 당장 읽고 싶은 마음은 없었다.

일단 서류가 더블 스페이스로 행간을 두고 타이핑된 것이 아니다보니, 포개지고 또 포개져 군집을 이룬 글자들 때문에 읽고 싶은 마음이 미리 가셨다. 게다가 다라간은 문제의 토르스텔이 누구인지 마침내 알아낸 터였다. 그 가을 일요일, 트랑블레에서 돌아오는 길에 남자는 일행을 각각 집까지 데려다주마고 했다. 하지만 샹탈과 폴은 몽파르나스에서 내렸다. 거기서부터 집까지 지하철이 곧장 연결돼 있었다. 다라간은 그냥 차에 남았다. 남자가 다라간이 방을 잡아 살던 그레지보당 단지에서 별로 멀지 않은 곳에 산다고 말했기 때문이다.

두 사람은 시간이 어지간히 지나도록 침묵을 지켰다. 결국 남자가 말을 걸었다.

"그 교외 집에 내가 두세 번 갔을 거야. 그쪽 어머니랑 같이 갔지."

다라간은 대꾸하지 않았다. 정말이지 그 머나먼 시절을 떠올리기가 싫었다. 그리고 어머니라니. 그는 제 어머니의 생사 여부도 모르고 있었다.

그레지보당 단지 지척에서 남자가 차를 세웠다.

"어머니에게 안부 좀 전해줘요. 서로 못 만난 지 하도 오래라서. 우리 둘 다 친구들이 모여 만든 클럽 멤버였지. '번데기 클럽'이라고…… 여기, 혹시라도 어머니가 나에게 연락을 하신다거든……"

남자가 내민 명함에는 '기 토르스텔'이라는 이름이 적혀 있었고, 다라간의 기억에 따르자면 직장 주소—팔레루아얄에 있는 서점—가 있었다. 전화번호도 하나 있었다. 이후 다라간은 명함을 잃어버렸다. 하지만 무슨 생각이었는지 그 이름과 전화번호는 당시에 쓰던 수첩에 옮겨 적어놓았던 것이다.

다라간은 책상에 자리를 잡고 앉았다. '자료' 사이에 자신의 소설 『그 여름의 어둠』 47쪽을 복사한 종이가 있었다. 문제의 토르스텔이 등장하는 부분이었다. 이름에 밑줄이 쳐져 있었다. 질 오톨리니가 친 모양이었다. 다라간은 글을 읽어내려갔다.

"보졸레 회랑에는 과연 서점이 하나 있었고, 유리창 너머에 미술 서적이 진열돼 있었다. 그는 들어갔다. 갈색 머리 여자가 책상 앞에 앉아 있었다.

'모리앵 씨와 이야기하고 싶습니다만.'

'모리앵 씨는 안 계신데요.' 여자가 말했다. '대신 토르스텔 씨와 이야기를 하시겠어요?'"

그게 다였다. 별것 없었다. 그 이름은 소설 47쪽에만 등장했다. 그리고 다라간은 정말이지 오늘밤에는 행간도 없이 타이핑된 '자료' 틈에서 그 이름을 찾아볼 엄두가 나지 않았다. 토르스텔. 건초 더미에서 찾아야 할 바늘 같은 이름.

잃어버린 명함에 팔레루아얄의 서점 주소가 있었던 것을 기억한다. 전화번호도 그 서점 것이었으리라. 하지만 사십오 년도 넘는 세월이 흐른 지금, 부실한 두 가지 정보로 이제는 하나의 이름에 지나지 않는 어떤 사람을 추적한다는 건 역부족일 것이다.

다라간은 소파에 누워 눈을 감았다. 애써보자고, 시간의 흐름을 다만 잠깐이라도 거슬러보자고 마음먹은 참이었다. 그 소설, 『그 여름의 어둠』을 쓰기 시작한 건 가을이었다. 어느 일요일 트랑블레를 찾은 그 가을. 그 일요일 저녁 그레지보당 단지에 있던 방에서 책의 첫 쪽을 쓴 것을 기억한다. 몇 시간 전 토르스텔의 자동차가 마른 강변로를 달리고 뱅센 숲을 가로지를 때 그는 가을이—연무가, 젖은 땅의 냄새가, 낙엽이 흩뿌려진 골목길이—정말로 자신을 내리누르는 것 같다고 느꼈다. 이제 그에게 '트랑블레'라는 말은 영원히 그해 가을과 불가분할 것이었다.

그가 옛 소설에 써먹은 토르스텔이라는 이름 또한 그렇다. 다만 그 소리의 울림 때문에 따온 이름. 토르스텔 하면 생각나는 건 이게 다다. 더 깊이 들어갈 필요도 없다. 말할 수 있는 건 이것뿐이다. 질 오톨리니는 아마 실망할 것이다. 할 수 없는 일이다. 사실 남자에게 무슨 설명을 해야 할 의무가 있는 것도 아니지 않은가. 그와는 상관없는 일이다.

밤 열한시가 가까웠다. 이 시간에 혼자 집에 있노라면, 다라간은 곧잘 '공전空轉'하는 듯한 느낌이 들었다. 그래서 밤늦도록 문을 여는 근처 카페를 찾곤 했다. 휘황한 불빛, 두런두런하는 말소리, 사람들의 왕래, 마치 자신이 끼어 있는 듯한 착각을 일으키는 대화, 그 모든 것이 시간이 얼마간 지나고 나면 그에게 공전을 이길 힘을 주었다. 하지만 언젠가부터 이 궁여지책이 필요 없어졌다. 집필실 창문 너머 옆 건물 안뜰에 다른 나무들보다 훨씬 오래, 11월이 지나도록 이파리들을 그대로 매달고 서 있는 나무를 바라보는 것만으로 충분했다. 전에 듣기로 소사나무라고 했던가, 사시나무라고 했던가? 기억이 잘 나지 않았다. 그는 꽃과 나무에 큰 관심을 기울이지 않고 허비한 긴 세월이 아까웠다. 이제 뷔퐁의 『박물지博物誌』 말고 다른 글은 읽지 않게 된 그다. 문득 어느 여성 철학자가 쓴 회고록의 한 대목이 떠올랐다. 철학자는 전쟁통에 어떤 여자가 한 말에 충격을 받는다. "어쩌라고요, 전쟁이 났다고 해서 나와 풀 한 포기 사이가 변하지는 않아요." 철학자는 아마도 여자가 경박하거나 무심하다고 여겼으리라. 하지만 다라간에게 그 문장은 다른 뜻을 지녔다. 재난이 닥치거나 마음이 비탄에 잠겼을 때에는, 행여 균형을 잃고 배 밖으로 떨어지지 않도록 단단히 고정된 한 지점을 찾아서 의지하는 것 말고는 살길이 없다. 고무 튜브를 움켜쥐듯, 우리의 시선은 풀 한 포기, 나무 한 그루, 꽃송이의 꽃잎들에 멈춘다. 창문 너머 그 소사나무—혹은 사시나무—가 보이면 다라간은 안도했다. 밤 열한시가 가까운 시간임에도 그 조용한 실재가 그의 마음을 눅였다. 그렇다면, 타이핑한 서류를 지금 다 읽어치우고 말자. 다라간은 명백한 사실을 인정할 수밖에 없었다. 질 오톨리니의 목소리와 생김새에 처음에는 사기꾼을 떠올렸다는 것. 그래서 그 선입견을 뛰어넘고 싶었다. 하지만 그는 정말 그렇게 하는 데 성공했을까?

다라간은 종이들을 한데 모은 클립을 벗겼다. 복사한 종이는 원본 종이와 달랐다. 샹탈 그리페가 복사하는 동안 지켜본 바로는, 원본의 종이는 대단히 얇고 투명했다. 그 종이를 보고 그는 '항공우편'용 편지지를 떠올렸었다. 하지만 그 말도 딱 들어맞는다고는 할 수 없었다. 비치는 정도를 보아서는 경찰이 취조할 때 사용하는 인도지印度紙가 그와 똑같았다. 더구나 샹탈 그리페가 이런 말도 하지 않았던가. "질은 경찰서에서 문제의 사건에 대한 정보를 얻었어요."

다라간은 저 앞 나무 이파리들에 끝으로 눈길을 한번 더 던진 뒤 종이를 읽기 시작했다.

글자들이 지금은 찾아볼 수 없는 휴대용 타자기로 친 것처럼 잘았다. 다라간은 걸쭉하고 무거운 물 속에 몸을 담그는 기분이었다. 읽어가다가 한 줄씩 건너뛰는 바람에 검지로 짚어가며 윗줄로 되돌아가야 했다. 그것은 통일성 있는 보고서가 아니라, 콜레트 로랑이라는 여자의 살인 사건에 관한 짤막한 메모들을 그러모아 뒤죽박죽 잇대놓은 것이었다.

메모들이 여자의 인생행로를 뒤밟았다. 어린 나이에 지방에서 상경. 퐁티외 가에 있는 나이트클럽에 취직. 오데옹 구역 한 호텔에 방을 얻음. 국립미술학교 학생들과 어울림. 조사받은 사람들 명단, 나이트클럽에서 여자가 알고 지냈을 만한 사람들 명단, 국립미술학교 학생들 명단. 15구 호텔방에서 발견된 시신. 호텔 주인 조사.

그러니까 이것이 오톨리니가 솔깃한 사건인가? 다라간은 읽기를 그쳤다. 콜레트 로랑. 일견 별스러울 것 없는 이 이름이 어떤 메아리를 일으켰으나, 하도 먹먹해서 정체를 분간할 수 없는 소리였다. 1951년이라는 해가 얼핏 눈에 들어온 것 같았다. 하지만 다라간은 숨이 막힐 듯 서로 밀착한 말들 사이에서 그것을 확인해볼 엄두가 나지 않았다.

1951년. 그로부터 반세기가 넘는 시간이 흘렀고, 이 사건의 증인들은, 심지어 범인마저 이제 세상에 없다. 질 오톨리니는 너무 늦게 왔다. 이 흥신업자는 제 허기를 달래지 못할 것이다. 다라간은 이렇게 거친 말을 써서 남자를 희화화한 것을 후회했다. 아직 몇 쪽을 더 읽어야 한다. 다라간은 처음 '자료'를 펼쳤을 때 그를 덮친 불안과 우려를 여태 느끼고 있었다.

잠든 채 숨을 쉬듯 가볍게 흔들리는 소사나무 잎새들을 잠깐

응시했다. 그래, 그 나무는 그의 친구였다. 그는 여덟 살 난 한 소녀가 썼다는 시집 제목을 떠올렸다. '내 친구, 나무'. 그는 소녀를 질투했다. 그와 소녀가 동갑이었고, 그도 그 시절 시를 끼적이고 있었기 때문이다. 그때가 어느 해던가? 콜레트 로랑이 살해된 1951년만큼이나 오래된 유년의 한 해였다.

다시금 행간 없는 자잘한 글자들이 그의 눈 아래서 춤을 추었다. 그는 길을 잃지 않으려 검지로 글줄을 훑었다. 마침내 등장한 이름 기 토르스텔. 이 이름은 다른 이름 셋과 연관돼 있었는데, 다라간은 그 가운데에서 그의 어머니의 이름을 보곤 놀랐다. 남은 두 이름은 보브 뷔냥과 자크 페랭 드 라라였다. 두 사람이 어렴풋이 기억났는데, 이 또한 그와 동갑내기 소녀가 『내 친구, 나무』를 출간한 아스라한 시절로 거슬러올라갔다. 첫 인물, 뷔냥. 베이지색 옷차림에 운동을 잘하게 생긴 실루엣. 머리는 갈색이었던 것 같다. 그리고 또 한 사람. 이야기를 할 때 벽난로 대리석 상판에 우아하게 팔꿈치를 괴던, 로마 조각상처럼 두상이 큰 남자. 유년의 기억이란 공백에서 떨어져나온 작디작은 편린일 때가 많다. 그런데 이 이름들이 오톨리니의 관심을 끌었고, 그래서 그가 이름들과 다라간의 관계를 유추하게 됐단 말인가? 어림없는 소리다. 그럴 리가 없다. 우선 다라간의 어머니는 그와 같은 성을 쓰지 않았다. 그리고 남은 두 사람, 뷔냥과 페랭 드 라라는 저문 시간 속으로 사라져버린 마당에, 아직 젊은 오톨리니가 그 이름들을 보고 무언가를 떠올렸을 리 없다.

'자료'를 읽어갈수록, 다라간에게 그것은 한 해에 진행되지 않은 서로 다른 두 가지 조사가 뒤섞인 창고처럼 느껴졌다. 지금은 해가 1952년으로 바뀌었기 때문이다. 그래도 콜레트 로랑의 살인 사건을 다룬 1951년의 메모들과 마지막 두 쪽에 담긴 메모들 사이에서 가느다란 이음줄 하나가 보이는 것 같았다. 그건 '콜레트 로랑'이 '아니 아스트랑이라는 여자'가 사는 '생뢰라포레 소재의 집'을 드나들었다는 것. 이 집은 경찰 감시하에 있었다는데, 그 이유는 무엇이었을까? 언급된 이름 중에는 토르스텔, 그의 어머니, 뷔냥, 페랭 드 라라가 있었다. 다른 두 이름도 그에게 생소하지 않았다. 로제 뱅상, 그리고 특히나 생뢰라포레에 있는 집에서 살았다는 '아니 아스트랑이라는 여자'.

이 어수선한 정보들에 질서를 부여하면 좋을 테지만, 그 일은 다라간의 역량을 넘어서는 듯했다. 더구나 이처럼 늦은 밤이면 사람들은 곧잘 기괴한 생각에 빠진다. 일테면 질 오톨리니가 자료에 든 메모를 전부 수집하며 맘에 품은 목표물은 오래 묵은 사건이 아니고 바로 다라간 자신이었다든가. 물론, 오톨리니는 목표물을 겨냥할 사각射角을 찾지 못하고 여긴가 저긴가 더듬거리다, 샛길에서 길을 잃고 주제의 본령으로 들어가지 못했다. 다라간은 남자가 진입로를 찾아 그의 주변을 어슬렁거린다고 느꼈다. 어쩌면 남자는 죄 흩어진 요소들을 한데 모으면서, 다라간이 그중 어느 하나에라도 반응하기를 바랐는지 모른다. 마치 경찰들이 취조를 시작할 때 쓸데없는 말부터 먼저 꺼내 용의자의 경계심을 잠재우는 것처럼. 그러다가 용의자가 안전하구나, 하고 생각하는 바로 그 순간 기습적으로 핵심 질문을 던지는 것처럼.

다라간의 눈길이 다시금 창 너머 소사나무 잎사귀들을 향했다. 그는 자기가 한 생각이 부끄러워졌다. 냉정을 잃었다. 방금 읽은 종이 몇 쪽은 설익은 맛보기에, 원줄기를 가리는 곁가지의 군집에 지나지 않는다. 이름 하나가 그에게 동요를 일으키고 자석처럼 그를 끌어당겼다. 아니 아스트랑. 하지만 그 이름은 행간도 없이 겹겹이 쌓인 말들 가운데에서 간신히 읽을 수나 있을 정도였다. 아니 아스트랑. 아주 오랜 시간이 흐른 뒤 라디오에 포착돼, 지금 내게 전하려는 말이 있어 말을 거는구나, 하고 생각하게 되는 그런 먼 목소리. 언젠가 누군가 단언하기를, 지난 시절 가까웠던 사람들의 목소리는 금세 잊어버리고 만다고 했다. 그러나 다라간은 만일 지금 아니 아스트랑의 목소리가 등뒤에서 들려온다면 그 소리를 알아들을 수 있으리라 확신했다.

오톨리니와 다시 만나게 된다면 작정하고 이 이름, 아니 아스트랑으로 그의 주의를 끌어볼 테지만, 다라간은 남자를 다시 볼지 결정을 못했다. 정 해야 한다면 남자에게 아주 간략한 글을 써 기 토르스텔에 관한 빈약한 정보를 전하리라. 팔레루아얄 공원 가장자리 보졸레 회랑에 있었던 서점을 운영하던 남자라고. 자신은 그를 딱 한 번, 거의 오십 년 전 어느 해 가을 일요일 저녁에 트랑블레에 갔다가 보았을 뿐이라고. 혹 호의를 십분 발휘한다면 다른 두 남자, 뷔냥과 페랭 드 라라에 관한 곁다리 정보도 몇 가지 제공할 수 있으리라. 두 사람은 어머니의 친구들이었다. 아마 기 토르스텔도 그랬을 것이다. 다라간이 『내 친구, 나무』에 실린 시들을 읽고 지은이인 동갑내기 소녀를 부러워한 그 해, 뷔냥과 페랭 드 라라는—그리고 아마 토르스텔도—책 한 권을 마치 미사 경본처럼 주머니에 늘 꽂고 다녔다. 그들은 그 책을 퍽 애지중지하는 듯했다. 책의 제목을 기억한다. '파브리치오 루포'. 어느 날, 페랭 드 라라가 묵직한 목소리로 그에게 말했다. "너도 이다음에 크면 『파브리치오 루포』를 읽을 거야." 그 소리의 울림 때문에 삶이 끝나는 날까지 신비롭게 남을 그런 문장들 가운데 하나. 후에 다라간은 그 책을 찾아보았으나 운이 닿지 않아 한 권도 눈에 띄지 않았고, 그는 『파브리치오 루포』를 읽지 못했다. 하지만 이 사소한 기억들을 불러들여야 할 일은 없을 것이다. 가장 그럴듯한 앞일의 향방은 결국 질 오톨리니를 떨구어버리는 것일 테니까. 전화가 온대도 받지 않을 것이다. 편지도 올

테고, 어떤 편지는 등기로 올 것이다. 가장 짜증나는 일은 오톨리니가 아파트 앞에 진을 칠지도 모른다는 것인데, 그는 비밀번호를 모르므로 누군가가 현관문을 열고 들어올 때를 기다리다가 슬그머니 따라붙어 잠입할 것이다. 그러고는 집까지 와 초인종을 누를 것이다. 초인종도 끊어놔야겠다. 외출을 할라치면 지키고 섰다가 들러붙어 따라오겠지. 그러면 가장 가까운 경찰서로 피신하는 것 말고는 다른 자구책이 없을 것이다. 하지만 경찰들은 설명을 해도 심각하게 받아들이지 않을 테지.

새벽 한시가 가까웠다. 다라간은 이 시간이 되면 고요와 고독 때문에 사람이 아무것도 아닌 일에 혼자 열을 올린다는 생각을 했다. 그는 차츰 평온을 되찾았고, 심지어 오톨리니의 얼굴을, 하도 갸름해서 앞에서 보아도 옆에서 보는 걸로 착각하기 십상인 그 얼굴을 생각하다 폭소 비슷한 것마저 터뜨렸다.

타이프로 친 서류가 책상 위에 흩어져 있었다. 다라간은 한쪽엔 빨간 심 반대쪽엔 파란 심이 달려 있어 원고를 고칠 때 애용하는 색연필을 집었다. 그는 파란색으로 종이 한 장 한 장 줄을 좍좍 그은 뒤, 빨간색으로 그 이름에 동그라미를 쳤다. 아니 아스트랑.

새벽 두시쯤 전화벨이 울렸다. 다라간은 소파에서 자고 있었다.

"여보세요, 다라간 선생님? 저 샹탈 그리페인데요."

다라간은 잠깐 머뭇했다. 막 꿈을 꾸었는데 아니 아스트랑의 얼굴이 보였다. 삼십 년이 넘도록 좀처럼 없던 일이었다.

"복사한 거 읽으셨어요?"

"네."

"이렇게 늦은 시간에 전화해서 정말 죄송하지만, 선생님 이야기를 듣기까지 너무 초조해서…… 듣고 계세요?"

"그래요."

"질이 돌아오기 전에 좀 만나야겠어요. 댁에 들러도 될까요?"

"지금요?"

"네. 지금."

그는 여자에게 집주소와 현관 비밀번호와 층을 일러주었다. 꿈은 다 깬 건가? 조금 전만 해도 아니 아스트랑의 얼굴이 그렇게 가까워 보였는데…… 생뢰라포레의 집 앞에서 그녀는 자동차 핸들을 잡고 있었고 그는 옆자리 조수석에 앉아 있었는데, 그녀가 말을 하는데도 그에게는 목소리가 들리지 않았다.

책상 위에 복사물이 어질러져 있었다. 다라간은 자신이 종이들에 파란 줄을 그었다는 걸 잊고 있었다. 그리고 빨간 동그라미 때문에 눈에 확 들어오는 이름, 아니 아스트랑…… 이것이 질오톨리니 눈에 띄는 일은 없어야 한다. 빨간 동그라미가 그에게 추적 방향을 제시할 우려가 있다. 어느 경찰이라도 서류를 찬찬히 넘겨보다 이 부분에 이르면 이런 질문을 던지리라.

"왜 이 이름에 이런 표시를 해두었죠?"

다라간의 눈길이 소사나무에 가 멎었다. 잎사귀들은 미동도 없었고, 그 사실에 그는 안도했다. 그 나무는 보초였다. 그를 지키는 단 하나의 존재였다. 그는 길 쪽 창가에 가 섰다. 이 시간이면 자동차는 한 대도 보이지 않고, 가로등 불빛은 공연히 밝다. 맞은편 인도를 걸어오는 샹탈 그리페가 보였다. 여자는 건물들의 번지수를 살피는 것 같았다. 손에는 비닐봉지를 들고 있었다.

다라간은 여자가 샤론 가에서 여기까지 걸어온 건가 하는 생각을 했다. 건물 현관이 쾅 닫히는 소리에 이어, 올라오기가 망설여지는 양 느릿느릿 계단을 오르는 발소리가 들렸다. 초인종을 누르기도 전에 다라간이 문을 열자 여자는 화들짝 놀랐다. 여자는 이번에도 검은 셔츠와 바지 차림이었다. 그리고 처음 아르카드 가 카페에서 만났을 때만큼 겸연쩍어 보였다.

"이렇게 늦은 시간에 폐를 끼치려던 건 아닌데……"

여자는 미안한 기색으로 문가에 가만히 서 있었다. 다라간이 여자의 팔을 붙잡고 안으로 들였다. 그러지 않으면 여자가 그냥 되돌아갈지도 모른다는 느낌이 들었다. 집필실로 들어가 그는 여자에게 소파를 가리켰고, 여자는 거기 앉아 비닐봉지를 옆에 내려놓았다.

"그래서, 읽어보셨어요?"

여자가 불안 섞인 목소리로 물었다. 여자는 왜 이토록 이 일에 매달리는 걸까?

"읽긴 했지만, 나는 정말 그쪽 친구에게 아무런 도움이 안 되겠어요. 통 모르는 사람들이에요."

"토르스텔도요?"

여자가 그의 눈을 빤히 바라보았다.

취조가 다시 시작돼 아침까지 쉬지 않고 계속될 참이다. 그러다가 여덟시쯤 누군가가 초인종을 누르겠지. 리옹에서 돌아와 여자에게 바통을 이어받으러 온 질 오톨리니일 것이다.

"네, 토르스텔도요."

"모르는 사람이라면, 어떻게 해서 그 이름을 책에 쓰신 걸까요?"

여자가 부러 순진한 척하는 말투로 물었다.

"나는 이름을 되는대로 고릅니다. 전화번호부를 봐가면서."

"그래서, 질을 못 도와주신다고요?"

다라간은 여자 옆자리에 가 앉아 얼굴을 여자 얼굴 가까이 붙였다. 다시금 여자 왼쪽 광대뼈에 난 상처가 보였다.

"자기 글 쓰는 걸 도와주셨으면 할 텐데…… 그 사람은 서류에 든 게 모두 선생님과 아주 긴밀하게 연결됐을 거라 봤으니까요."

순간, 다라간은 두 사람의 역할이 서로 뒤바뀌어 이제 얼마 안 가 여자를, 언젠가 어느 무리 사람들이 쓴 표현을 빌리자면 '무릎 꿇릴' 수 있으리라는 느낌이 들었다. 전등 불빛에 여자의 눈 밑 다크서클과 양손의 떨림이 눈에 들어왔다. 여자 얼굴이 처음 문을 열어주었을 때보다 더 창백해 보였다.

책상에는 그가 파란 색연필로 줄을 그어놓은 종이들이 잘 보이게 놓여 있었다. 하지만 여자는 아직 눈치를 못 챘다.

"질은 선생님 책을 전부 읽고 선생님 뒷조사도 했어요."

이 말이 다라간에게 가벼운 불안을 일으켰다. 그는 불운하게도 누군가의 관심을 끌었고, 그 누군가는 그를 붙들고 놓아주지 않을 태세다. 이런 식으로 우리와 눈길이 서로 마주치는 사람들이 있다. 그들은 별안간 아무 이유 없이 공격성을 띨 수도 있고 혹은 다가와 말을 걸 수도 있는데, 그들에게서 벗어나기란 여간 어렵지 않다. 다라간은 줄곧 저 아래 거리를 향해 애써 눈을 내리떴다.

"게다가, 스베르트 에이전시에서 그 사람을 자를 참이에요. 그러면 다시 실업자가 되는 건데……"

다라간은 여자의 맥빠진 말소리에 놀랐다. 여자의 무력감 속에서 일말의 분노, 심지어 얼마간의 경멸이 엿보이는 듯했다.

"그 사람은 선생님이 자기를 도와줄 거라고 생각했어요. 선생님과 오래전부터 알고 지낸 사이 같은가봐요. 선생님에 관해 아는 것도 많고요."

보아하니 여자는 그 이야기가 더 하고 싶다. 이제 곧 분장이 쩍쩍 갈라지며 사람들이 비밀을 토로하는 한밤중의 시간이 온다.

"마실 거라도 드릴까요?"

"아, 네…… 뭔가 센 걸로요. 귀싸대기 한 대 맞은 것처럼."

다라간은 여자가 그 나이에 그런 철 지난 표현을 써서 놀랐다. '귀싸대기'라는 말을 못 들은 지 오래였다. 아마 아니 아스트랑은 예전에 이 말을 썼을지도 모른다. 여자는 손떨림을 억누르려는 듯 두 손을 서로 꼭 맞붙이고 있었다.

부엌 찬장에는 누가 두고 갔는지 모를 보드카 반병밖에 없었다. 여자는 커다란 주황색 쿠션에 몸을 기대고 다리를 쭉 펴고 있었다.

"죄송해요, 제가 조금 피곤해서……"

여자가 술을 한 모금 마셨다. 그리고 한 모금 더 마셨다.

"좀 낫네요. 정말 끔찍해요, 그런 파티……"

여자가 다라간을 증인 삼아 말하려는 양 그를 바라보았다. 다라간은 잠깐 망설이다 물었다.

"어떤 파티 말입니까?"

"제가 지금 다녀온 파티요."

여자는 건조한 목소리로 말을 이었다.

"돈을 받고 그런 '파티'에 가요. 질 때문에, 돈이 필요하대서……"

여자가 고개를 수그렸다. 자기가 뱉은 말을 후회하는 것 같았다. 여자가 다라간을 향해 몸을 돌렸다. 그는 여자를 바라보고 녹색 벨벳 스툴에 앉아 있었다.

"선생님이 도와야 할 사람은 그 사람이 아니고, 저예요."

여자가 빈약하달, 혹은 창백하달 미소를 지어 보였다.

"저는 이러니저러니 해도 정직한 여자라서…… 아무래도, 질을 조심하라고 일러드려야겠어요."

여자가 자세를 바꾸어 소파 가장자리에 다라간과 정면으로 마주보도록 앉았다.

"질이 선생님에 대해 들은 말이 있어요, 그 경찰 친구한테서요. 그래서 선생님과 접촉할 방법을 찾은 거고요."

피로 때문인가? 다라간은 이제 여자가 하는 말을 알아들을 수 없었다. 그 작자가 그에 관해 경찰에게 '들은 말'이 대체 무엇일까? 어쨌거나 '자료'에 든 내용 중에 결정적이라고 할 만한 건 없다. 그리고 다라간은 거기 거론된 이름을 대부분 몰랐다. 어머니, 토르스텔, 뷔냥, 페랭 드 라라를 빼고는. 하지만 이토록 멀리 떨어져서 보면, 그들도 그의 인생에서 맡은 역할이 거의 없었다. 이미 오래전 퇴장해버린 단역들일 뿐이다. 물론, 아니 아스트랑의 이름이 거기 들어 있다. 그것도 가까스로. 그 이름은 눈에 전혀 띄지 않고 다른 이름들 틈에 잠식된 채 지나가버린다. 게다가 철자까지 틀려서 아스트랑 맨 끝에 d가 빠져 있다.

"내 걱정은 하지 마요," 다라간이 말했다. "난 아무도 겁 안 납니다. 사기꾼이라면 더더욱."

여자는 다라간이 사기꾼이라는 말을 쓴 데 놀란 모양이었으나, 그건 마치 이렇게 분명한 사실을 내가 몰랐었다니 하는 놀라움 같았다.

"혹 그 사람이 선생님 수첩을 훔친 게 아닐까 내내 수상했어요."

여자가 미소를 지어, 다라간은 여자가 농담을 하고 싶었던 거라 여겼다.

"가끔은 질이 두려워요. 그래서 같이 있는 거고요. 서로 안 지 워낙 오래되기도 했지만……"

여자의 목소리는 갈수록 더 허스키해졌다. 다라간은 이 속내 토로가 아침까지 계속되는 게 아닐까 우려했다. 주의를 흩뜨리지 않고 끝까지 여자의 말을 들을 수 있을까?

"그 사람은 리옹에 일 때문에 간 게 아니고, 도박을 하러 카지노에 갔어요."

"샤르보니에르 카지노 말입니까?"

이 문장은 그의 입술 새로 재빨리 튀어나왔고, 내내 잊고 있다 바로 그 순간 과거에서 솟아난 이 '샤르보니에르'라는 이름에 스스로도 놀랐다. 폴과 그 일당은 샤르보니에르 카지노로 노름하러 갈 때면 금요일 이른 오후에 파리에서 출발해 월요일이 돼야 돌아왔다. 그러면 그가 샹탈과 함께 그레지보당 단지의 집에서 보내는 시간이 거의 사흘이었다.

"네, 샤르보니에르 카지노에 갔어요. 거기 알고 지내는 딜러가 있어서요. 샤르보니에르 카지노에 갔다 올 때면 늘 돈을 평소에

비해 조금 더 쥐고 와요."

"그런데, 같이 가지는 않고요?"

"저는 이제 절대 안 가요. 초기에, 우리가 서로 처음 알았을 때 가고는…… 가용 클럽에서 제가 몇 시간씩 기다리고 그랬어요. 여성 전용 휴게실이 있거든요."

다라간이 잘못 들은 걸까? '가용'은 '샤르보니에르'처럼 과거 그에게 친숙한 이름이었다. 상탈은 무턱대고 그레지보당 단지에 있는 방으로 그를 찾아와 이렇게 말했었다. "폴은 가용 클럽에 있어. 저녁내 같이 있을 수 있어. 밤새도록……"

그러면 가용 클럽이 지금도 있다는 말인가? 그게 아니면, 우리의 청춘 시절에 들려온 그 하잘것없는 말들이 마치 오래된 유행가인 양, 아니면 혀짤배기소리인 양 여러 해가 훌쩍 지나 우리 삶이 끝을 향해 가는 때에 다시 돌아오는 것인가?

"제가 파리에 혼자 있을 때는 좀 특별한 파티에서 저를 찾는데, 저는 질 때문에 받아들여요. 늘 돈이 필요하다고 하니까…… 그리고 이제 일자리를 잃을 테니 더 나빠지겠죠."

그런데, 어떻게 해서 그는 질 오톨리니, 그리고 이 상탈 그리페라는 여자와 관계를 트게 되었을까? 예전에는 새로운 만남이 급작스럽고 거침없기 일쑤여서 사람과 사람이 어린 시절 타던 유원지 범퍼카처럼 길에서 서로 맞부딪쳤다. 하지만 이번에는 모든 게 자연스럽게 흘러갔다. 잃어버린 수첩, 전화 속 목소리, 카페에서의 만남…… 그래, 모든 게 꿈결처럼 가벼웠다. '자료'에 든 서류가 불러온 감정 상태도 묘했다. 어떤 이름들 때문에, 그중에서도 아니 아스트랑이라는 이름 때문에, 그리고 행간도 없이 겹쌓인 그 모든 말들 때문에 그는 느닷없이 그의 삶의 편린들—대상의 모습을 일그러뜨리는 거울에 비친—을, 고열에 시달리는 밤이면 두서없이 우리를 따라붙는 그 편린들을 마주하게 되었다.

"그 사람은 오늘 샤르보니에르에서 와요, 정오쯤에요. 그러고는 다시 선생님에게 들러붙을 거예요. 우리가 만났다는 말은 부디 하지 마세요."

다라간은 여자가 진실을 말하고 있는 건지, 오톨리니에게 오늘밤의 만남에 대해 과연 함구할지 알 수가 없었다. 그것도 지금 이 임무를 여자에게 부과한 사람이 바로 오톨리니가 아니라면 말이지만. 어쨌든 다라간은 하루이틀 지나다보면 이 남녀에게서 벗어날 수 있을 거라 자신했다. 지금껏 살아오며 수많은 사람들을 상대로 그랬던 것처럼.

"어쨌거나," 다라간이 유쾌한 척 운을 뗐다. "당신들은 악당 커플이에요."

여자는 이 말에 충격을 받은 듯했다. 그래서 다라간은 바로 후회했다. 여자가 등을 웅크리길래 그는 일순간 여자가 울음을 터뜨리려나 생각했다. 그가 여자에게 몸을 숙이자 여자는 그의 시선을 피했다.

"그게 다 질 때문이에요. 저는 아무 상관도 없는데……"

여자는 잠깐 주저하다 말을 이었다.

"그 사람을 조심하세요. 선생님더러 매일 보자고 할 거예요. 숨 돌릴 틈도 안 주면서요. 그 사람이 워낙……"

"……질기다고요?"

"네. 아주 질겨요."

여자는 이 단어에 말의 일차적 의미보다 더 심각한 뜻을 부여하려는 듯했다.

"선생님에 대해 뭘 알아냈는지 저는 모르겠어요. 아마 자료 안에 있는 내용일 텐데, 저는 읽어보지도 않아서…… 아마 그걸 이용할 거예요, 압력 수단으로."

마지막 말이 여자의 입에서 어색하게 울렸다. 여자는 '압력 수단'이라는 말을 아마 오톨리니에게 들었을 터였다.

"그 사람은 자기가 책을 쓰는 데 선생님이 도와주셨으면 한다고…… 저한테는 그렇게 말했어요."

"그쪽에서 다른 걸 원하는 게 아니라고 확신해요?"

여자는 잠깐 주저했다.

"아니요."

"일테면 돈을 바란다거나."

"그럴 수도 있어요. 노름꾼들은 돈이 달리니까…… 네, 분명 선생님에게 돈을 요구할 거예요."

남녀는 아르카드 가 카페에서 그를 만난 뒤 함께 돈 문제를 모의했을 것이다. 이들은 분명 사면초가에 몰렸다. 과거 샹탈이 폴 이야기를 하면서 썼던 표현. 하지만 폴은 기어이 배수걸기에 힘입어 사면초가에서 벗어나고자 했다.

"이제 곧, 그레지보당 단지에 있는 집 방세도 못 낼 형편이에요."

그래, 사십오 년이 흐르는 동안 그레지보당 단지의 방세도 분명 올랐겠지. 다라간은 주인의 열쇠를 맡은 친구를 통해 방을 불법으로 점하고 살았다. 그 방에는 전화가 한 대 있었는데, 사용하지 못하도록 다이얼에 자물쇠가 채워져 있었다. 하지만 그는 그럭저럭 몇몇 곳에 전화를 거는 데 성공했다.

"나도, 그레지보당 단지에서 살았었죠."

여자가 놀란 눈으로 그를 쳐다보았다. 마치 둘 사이에 유대를 발견했다는 듯. 다라간은 때때로 그 방으로 그를 찾아오던 여자가 있었는데 그 여자 이름도 샹탈이었다는 말까지 할 뻔했다. 하지만 말해봐야 무슨 소용일까?

"그러면 질이 사는 방과 같은 방이었을 수도 있겠는데요. 천장이 경사진 꼭대기 층 방인데…… 엘리베이터를 탄 다음, 짧은 계단을 또 올라가요."

그렇겠지, 엘리베이터는 맨 위층까지는 안 올라가니까. 복도에는 문에 붙은 호수가 반쯤 지워진 방들이 줄지어 있었다. 그의 방은 5호였다. 그가 이 번호를 기억하는 건, 과거 폴이 '숫자 5 언저리에' 돈을 거는 배수걸기 전법을 자꾸 그에게 설명하려 했기 때문이다.

"경마장이며 샤르보니에르 카지노를 전전하면서 노름하던 친구도 있었고요."

여자는 이 말이 위안이 되는 듯 다라간에게 희미한 미소를 지어 보였다. 수십 년이라는 시간 차를 두고 두 남자가 같은 세상에 속해 있다고 여겼으리라. 하지만 그건 어떤 세상일까?

"그래서, 그런 파티에 다녀온 길입니까?"

다라간은 이렇게 물은 걸 바로 후회했다. 하지만 여자는 편안해 보였다.

"네, 어떤 부부가 아파트에서 조금 특별한 파티를 열곤 하는데, 질이 그 집에서 잠깐 운전기사로 일한 적이 있어서…… 부부가 이따금 저더러 오라고 전화를 해요. 그러면 질이 가보라고…… 가면 돈을 주니까요. 저는 안 갈 도리도 없고……"

다라간은 끼어들 엄두를 내지 못하고 여자의 이야기를 들었다. 어쩌면 여자는 그를 상대로 말을 하는 게 아니며 그의 존재는 벌써 잊어버렸는지도 모른다. 밤이 퍽 이슥한 것 같았다. 새벽 다섯시쯤 됐을까? 곧 동이 터 그림자들을 흩어버리리라. 그는 나쁜 꿈에서 깨 집필실에 홀로 남으리라. 아니, 그는 그 연락처 수첩을 잃어버린 적이 없다. 질 오톨리니도, 자기를 샹탈로 불러 달라는 조제핀 그리페도 존재한 적이 없다.

"이제부턴 선생님도 질에게서 벗어나는 게 정말 어려워질 거예요. 놓지를 않을 테니까요. 이 아파트 현관에서 진을 칠 수도 있는 사람이에요."

이것은 협박일까, 경고일까? 꿈속에서는 뭐가 뭔지 잘 모르는 법이지, 하고 다라간은 생각했다. 한데, 꿈이라고? 동이 틀 때 두고 보면 알 것이다. 하지만 지금 여기 그의 앞에 있는 여자는 좀처럼 유령 같은 기색이 없다. 다라간은 꿈속에서도 목소리가 들린다고 단정지어 말할 수 없었지만, 샹탈 그리페의 허스키한 목소리는 아주 잘 들렸다.

"제가 충고 하나 할게요. 그 사람 전화 받지 마세요."

여자는 다라간 쪽으로 몸을 숙이고 아주 낮은 소리로 말했다. 마치 질 오톨리니가 문 너머에 버티고 있기라도 한 양.

"제 휴대전화에 메시지를 남겨주시는 게 좋겠어요. 그럼 제가 그 사람이랑 따로 있을 때 전화를 해서, 그 사람 꿍꿍이를 알려드릴게요. 그러면 그 사람을 피하실 수 있겠지요."

여자는 분명 염려하는 마음으로 그득했지만, 다라간은 자기 혼자서도 잘할 수 있다는 말을 하고 싶었다. 그는 살아오면서 다른 오톨리니들을 만났다. 그는 출입문이 둘이라 사람들을 따돌려버릴 수 있는 파리의 건물들을 꽤 많이 알았다. 집에 없는 척 위장하기 위해, 길을 바라보는 창문이 둘 있는 그의 집 불을 켜지 않는 일도 잦았다.

"제가 질이 쓴 거라며 책을 한 권 빌려드렸죠, 『경마소요』라고."

다라간은 그 책의 존재를 잊고 있었다. 주황색 종이서류철에서 복사물을 꺼내면서 책은 속에 그대로 두었다.

"거짓말이었어요. 질은 자기가 그 책을 쓴 척하고 다녀요. 저자 성이 질과 같거든요, 이름은 다르지만. 더구나 저자가 죽은 사람이라서……"

여자는 곁에 놓아둔 비닐봉지를 뒤적였다. 그리고 다라간이 샤론 가의 여자 집에서 눈여겨본 노란 제비 둘이 수놓인 검은 새틴 드레스를 꺼냈다.

"하이힐은 그 사람들 집에 두고 왔네."

"그 드레스 기억납니다."

"그 집에서 열리는 파티에 갈 때마다, 그 사람들이 제가 이걸 입었으면 해요."

"재미있는 옷이에요."

"제 방 낡은 벽장 구석에서 나온 건데…… 뒷자락에 상표도 있어요."

여자가 옷을 내밀어, 다라간이 라벨을 읽었다.

'실비로자. 맞춤복. 에스텔 가. 마르세유.'

"전생에 입었던 옷인가보군요."

그는 어제 오후 여자 집에서도 같은 말을 했었다.

"그럴까요?"

"그런 느낌이 드는군요. 라벨이 하도 오래된 것이고 보니."

이번에는 여자도 의심스러운 눈초리로 라벨을 들여다보았다. 그러더니 옷을 자기 옆에 내려놓았다.

"잠깐만요. 금방 오리다."

다라간은 집필실에서 나가 부엌 불을 켜놓지 않았나 확인했다. 부엌 창문이 길을 바라보고 있었다. 과연 불은 켜져 있었다. 그는 불을 끄고 창가로 갔다. 조금 전 그는 오톨리니가 바깥에 진을 친 모습을 상상했다. 그런 생각들은 아주 늦은 시간에 떠오른다. 우리가 잠을 청하지 못할 때, 아이였을 적 품었던 생각들이 다시 찾아와 우리를 겁주는 것이다. 아무도 없었다. 하지만 남자는 분수 뒤에, 아니면 오른편 공원 어느 나무 뒤에 몸을 숨기고 있는지도 모른다.

다라간은 팔짱을 낀 채 오랫동안 움직이지도 않고 똑바로 서 있었다. 길에는 인적이 없었다. 지나가는 자동차도 없었다. 창문을 열면 졸졸거리는 분수의 속삭임이 들릴 것이다. 그러면 지금 여기가 파리가 아니라 혹 로마가 아닌가 하는 생각이 들 것이다. 로마라고 하니, 예전에 아니 아스트랑이 그곳에서 보낸 엽서를 받은 일이 떠올랐다. 그것이 그녀가 그에게 띄운 마지막 기별이었다.

집필실로 돌아와보니 여자는 노란 제비 두 마리가 수놓인 그 이상한 검정 새틴 드레스를 입고 소파에 누워 있었다. 다라간은 잠시 헛갈렸다. 여자가 와서 문을 열어주었을 때 벌써 저 드레스를 입고 있었던가? 아니다. 여자의 검은 셔츠와 바지가 둘둘 말린 채 여자의 플랫슈즈와 나란히 마룻바닥에 놓여 있다. 여자는 눈을 감고 숨을 고르게 쉬고 있다. 자는 척하는 걸까?

*

여자는 정오쯤 갔다. 다라간은 언제나처럼 집필실에 홀로 남았다. 여자는 질 오톨리니가 벌써 돌아왔을까봐 걱정했다. 오톨리니는 샤르보니에르 카지노에 가면, 어떨 때는 월요일 아침 일찍 출발하는 파리행 기차를 탄다고 했다. 다라간은 창문으로 검은 셔츠와 바지 차림의 여자가 멀어져가는 모습을 바라보았다. 여자는 비닐봉투는 들고 있지 않았다. 드레스와 함께 소파에 올려놓곤 두고 갔다. 다라간은 여자에게 받은 누레진 명함을 한참을 들여 찾아냈다. 하지만 휴대전화로 전화를 걸어도 응답이 없었다. 결국에는 여자 쪽에서 드레스를 놓고 간 것을 알아채면 연락을 하려니 여겼다.

다라간은 봉지에서 드레스를 꺼내 라벨을 다시 보았다. '실비로자. 맞춤복. 에스텔 가. 마르세유.' 그것이, 그가 마르세유라는 도시를 전혀 모름에도 무언가를 불러일으켰다. 그는 이미 이 주소를 보거나 이 이름을 들은 적이 있다. 젊었을 적에는 그냥 보기엔 아무것도 아닌 이런 유의 수수께끼에 사로잡혀 몇 날 며칠이 걸려도 끈덕지게 답을 구하곤 했다. 그것이 아무리 미소한 한 점에 불과하다고 해도, 그 한 점을 전체와 결부하지 못하는 한, 퍼즐 조각 하나를 잃어버렸을 때처럼 불안과 결핍을 느꼈다. 그것은 때로 어떤 문장이나 구절의 지은이를 찾는 일이기도 했고, 때로 그냥 한 이름이기도 했다. '실비로자. 맞춤복. 에스텔 가. 마르세유.' 그는 눈을 감고 집중하려 애썼다. 뇌리를 스친 말이 하나 있었는데, 그가 보기에는 라벨과 연관이 있는 것 같았다. '중국 여자'. '실비로자'와 '중국 여자' 사이의 관계를 찾기 위해 깊은 물 속으로 들어가려면 참을성이 필요할 테지만, 몇 해 전부터 그에게는 그런 모험을 감행할 힘이 남아 있지 않았다. 그래, 그는 너무 늙어버렸기 때문에 가만히 물위에 누워 있는 편이 좋았다. '중국 여자'…… 상탈 그리페의 검은 머리와 살짝 찢어진 눈에서 떠오른 말일까?

책상에 앉았다. 지난밤, 여자는 파란 줄이 그어진 채 어지럽게 흩어진 종이들을 보지 못했다. 다라간은 전화 옆에 놓아둔 종이 서류철을 열고 『경마소요』를 꺼냈다. 그러고는 책을 뒤적이기 시작했다. 출간일이 전전戰前으로 거슬러올라가는 작품을 최근 되박은 것이었다. 내가 저자요 하고 허풍을 떨다니, 질 오톨리니는 배짱이 좋은 건가, 아니면 물색을 모르는 건가? 다라간은 책을 덮고 앞에 놓인 종이들을 바라보았다. 처음 읽었을 때는, 서로 너무 바투 붙은 글자들 탓에 띄엄띄엄 읽고 말았다.

다시금 말들이 춤을 추었다. 보자니 아니 아스트랑에 관한 자투리 정보들이 더 들어 있는 것 같았지만, 그걸 찾기에 그는 너무도 피곤했다. 나중에 하자, 오후에, 머리 좀 식힌 뒤에. 내가 작정하고 이 종이들을 하나하나 찢어버리지 않는다면 말이지만. 그래, 나중에 보자.

'자료'를 종이서류철 안에 넣으려는 순간, 그의 눈길이 잊고 있던 아이 사진에 멎었다. 뒷면에는 이렇게 쓰여 있었다. '즉석 사진 세 장. 신원 미상 아동. 아니 아스트랑 수색 및 체포. 벤티밀리아 국경 검문소. 1952년 7월 21일 월요일.' 그래, 그러니까 그것은 어제 오후 여자의 집에서 그가 생각했던 것처럼 즉석 증명사진을 확대한 것이었다.

다라간은 사진에서 눈을 떼지 못한 채, 왜 자신이 그것을 '자료'의 종이 틈바구니에 두고 잊고 있었나 하는 생각을 했다. 불편한 물건이어서, 법률 용어를 빌리자면 증거품이어서, 다라간 자신이 기억에서 멀찍이 떨어뜨려놓고픈 물건이어서 그랬을까? 머리가 어지럽고 머리카락 모근이 따끔거렸다. 그 아이가, 수십 년 세월이 아주 먼 거리를 두고 가로놓여 있어 낯설어 보이기는 해도, 바로 그 자신이라는 걸 인정하지 않을 수 없었다.

어느 일요일에 트랑블레에 갔던 그 가을 말고 다른 가을, 그만큼 오래된 어느 가을에 다라간은 그레지보당 단지의 집에서 편지 한 통을 받았다. 관리인 여자가 우편물을 분류해 넣으려던 참에 그가 관리실 앞을 지나갔다.

"그쪽 앞으로 왔나보네요, 장 다라간." 여자는 그의 이름이 푸른 잉크로 적혀 있는 편지 봉투를 내밀었다. 그는 그 집에서 편지를 받은 일이 한 번도 없었다. 기억에 없는 글씨였는데, 글씨가 아주 커서 봉투 겉면을 다 차지하고 있었다. 장 다라간, 그레지보당 단지 8번지, 파리. 몇 구區인지는 쓸 자리가 없었다. 뒷면에도 이름과 주소가 있었다. A. 아스트랑, 알프레드드오당크 가 18번지, 파리.

얼마 동안은 그 이름을 보고 아무것도 떠오르지 않았다. 이름을 감추고 머리글자 'A'만 썼기 때문일까? 나중에, 그는 어떤 예감이 들었기 때문에 자신이 편지를 뜯어보기를 주저했던 거라고 생각했다. 그는 파리가 뇌이와 르발루아를 만나는 시 경계까지 걸었다. 이삼년 더 지난 뒤 외곽 순환도로를 낸다며 저층 차고들과 집들을 허물어버린 구역으로. 아스트랑. 그게 누구인지, 어떻게 보자마자 알아채지 못할 수 있었을까?

다라간은 발길을 되돌려 한 아파트 일층에 있는 카페에 들어갔다. 자리를 잡고 앉아 주머니에서 편지를 꺼내고, 오렌지주스를 주문하며 가능하면 칼도 달라고 했다. 그는 칼로 편지를 개봉했다. 손으로 뜯다가 혹 봉투 뒷면에 적힌 주소가 찢길까봐서였다. 속에는 즉석 사진 세 장만 들어 있었다. 사진에서 그는 아잇적 자신을 알아보았다. 사진을 찍은 오후가 기억났다. 생미셸 다리 건너 최고재판소 앞에 있는 가게였다. 그뒤에도 다라간은 그 가게 앞을 자주 지나갔는데, 늘 예전과 똑같은 모습이었다.

그 즉석 사진 세 장을 찾아서 오톨리니의 '자료'에 든 확대 사진과 비교해봐야 했다. 못 돼도 사십 년은 묵은 편지들과 서류들을 포개넣은, 게다가 마침 열쇠도 잃어버린 여행가방 속을 뒤져야 할까? 아니, 쓸데없는 일이다. 같은 사진이 분명하다. '신원 미상 아동. 아니 아스트랑 수색 및 체포. 벤티밀리아 국경 검문소. 1952년 7월 21일 월요일.' 그녀가 국경을 넘을 채비를 하는 참에 붙잡아 수색을 했으리라.

그녀는 그의 소설 『그 여름의 어둠』을 읽고 그해 여름의 일화를 알아보았다. 그게 아니라면 무엇 때문에 십오 년이 흐른 뒤에 그에게 우편을 보냈겠는가? 그렇다 해도 그의 한시적 주소는 대체 어떻게 알아냈을까? 더욱이 다라간이 그레지보당 단지 아파트에서 지내는 날은 드물었다. 그는 대부분의 시간을 블랑슈 광장 부근 쿠스투 가의 집에서 보냈다.

다라간은 그 책을 오직 그녀에게 기별이 오기를 바라는 마음에서 썼다. 책을 쓴다는 것도 그에게는 소식 모르는 사람들을 향해 등대 불빛을 쏘거나 모스부호를 띄워 보내는 일과 같았다. 그 사람들의 이름을 책장 이곳저곳에 흘리고, 마침내 그들에게서 기별이 오기를 기다리기만 하면 되었다. 그러나 아니 아스트랑의 경우, 이름을 직접 거론하지 않고 애써 경로를 교란했다. 그녀는 등장인물 누구에게서도 자신을 발견할 수 없었다. 다라간은 자신에게 소중했던 사람을 소설 속에 끌어들이는 짓을 결코 이해할 수 없었다. 인물이 일단 거울을 통과하듯 소설 속으로 미끄러져 들어오고 나면 영원히 저자의 수중에서 벗어나고 마는 것을. 실제의 삶 속에는 존재한 적 없던 사람이 되고 마는 것을. 사람들에 의해 무無로 환원되고 마는 것을…… 보다 은근한 방법으로 접근할 필요가 있었다. 그리하여 『그 여름의 어둠』에서 아니 아스트랑의 눈길을 붙들 수 있는 단 한 대목은 여자와 아이가 팔레 대로에 있는 즉석 사진 가게에 들어가는 장면이었다. 아이는 왜 그녀가 자기를 부스 안으로 밀어넣는지 영문을 모른다. 그녀는 아이에게 화면을 똑바로 바라보고 머리를 움직이지 말라고 말한다. 그러고는 커튼을 친다. 그는 스툴에 앉아 있다. 섬광에 눈이 부셔 눈을 감는다. 그녀가 커튼을 젖히고 그는 부스에서 나간다. 두 사람은 기계 틈새로 사진이 나오기를 기다린다. 그가 눈을 감고 찍은 바람에 처음부터 다시 해야 한다. 그러고 나서 그녀는 근처 카페로 그를 데리고 가 그레나딘 칵테일을 마셨다. 이것이 자초지종이다. 그는 그 장면을 정교하게 묘사했고, 그러면서도 그 부분이 소설의 나머지와 어울리지 않는다는 걸 알고 있었다. 그건 그가 남몰래 삽입한 현실의 한 조각, 오직 한 사람만 해독할 수 있는 신문광고란 속 개인적 전언 같은 것이었다.

오후가 저물 무렵, 다라간은 그때껏 샹탈 그리페에게 전화가 오지 않았다는 사실에 놀랐다. 여자는 분명 자기가 검은 드레스를 두고 갔다는 걸 알았을 것이다. 다라간은 여자의 휴대전화 번호를 눌렀지만 대답이 없었다. 신호가 가다가 어느 순간 아무 소리도 나지 않았다. 가다보니 벼랑 가녘이 나왔고, 그 너머는 그냥 허공이었다. 그는 자문했다. 혹 이것이 없는 전화번호이거나, 샹탈 그리페가 휴대전화를 잃어버린 것은 아닐까. 아니 어쩌면 여자가 지금 살아 있지 않은 것은 아닐까.

덩달아 질 오톨리니에 관한 한 가지 의혹이 그의 뇌리를 스쳤다. 다라간은 컴퓨터 키보드로 '스베르트 에이전시, 파리'를 쳤다. 파리에 스베르트 에이전시라는 곳은 없었다. 생라자르 역 인근은 물론 다른 동네에도 없었다. 자칭 『경마소요』의 저자는 유령 회사의 유령 직원에 불과했다.

다라간은 그레지보당 단지와 관련해 오톨리니라는 이름이 뜨는지 알아보았으나, 단지 내 여덟 개 번지에 사는 사람 중에 오톨리니는 없었다. 검은 드레스가 방 소파 등받이에 걸려 있다는 것만이 그가 꿈을 꾼 게 아니라는 증거였다. 이번에는 혹시나 하고 '실비로자. 맞춤복. 에스텔 가. 마르세유'를 쳐보았으나, 뜨는 것은 '로자 수선, 소바주 가 18번지, 68100 뮐루즈'뿐이었다. 몇 해 전부터 다라간은 그가 무언가를 찾고자 하면 대부분의 경우 급선회로 방향을 트는 이 컴퓨터라는 물건을 거의 사용하지 않았다. 그가 드물게 흔적을 찾았으면 하고 바라는 사람들은 성공적으로 이 기계의 감시망을 벗어났다. 그들은 다른 시대에 속한 사람들이며 순진무구한 어린아이들이 아니었던 만큼 그물코를 미끄러져 빠져나갔다. 다라간은 거의 알고 지내지도 못한 아버지를 떠올렸다. 아버지는 그에게 조용히 이런 말을 한 적이 있다. "수사판사 열 명도 나를 못 당할걸." 컴퓨터 속에서 아버지의 흔적은 찾아볼 수 없었다. 어제 샹탈 그리페가 오기 전 찾아본 토르스텔과 페랭 드 라라처럼. 페랭 드 라라의 경우 흔히 있는 일이 벌어졌다. 무수히 많은 페랭이 모니터에 떠, 그 목록을 다 훑는 데 밤을 꼬박 새워도 모자랄 것 같았다. 다라간이 소식을 들었으면 하고 바랄 만한 사람들은 곧잘 익명의 군중 속에, 아니면 이름이 같은 유명 인사 뒤에 숨어버렸다. 이어서 그는 컴퓨터에 대놓고 질문을 던졌다. "자크 페랭 드 라라는 아직 살아 있습니까? 그렇다면 그의 주소를 일러주십시오." 컴퓨터는 이 질문에 대답하지 못했다. 컴퓨터와 콘센트를 연결하는 여러 개의 선을 타고 모종의 망설임과 당혹감이 흐르는 듯했다. 때로는 잘못된 길로 안내받기도 한다. 일례로 '아스트랑'은 스웨덴어로 된 결과들을 보여주었고, 이 이름을 가진 사람 몇은 예테보리에 살고 있었다.

날은 더웠고, 인디언 서머는 짐작건대 11월까지 계속될 것 같았다. 다라간은 여느 때처럼 집필실에서 해가 지기를 기다리는 대신 외출하기로 했다. 잠시 후 귀가를 하거든, 어제 너무 속독한 복사물을 돋보기를 써 해독해보리라. 운이 좋으면 아니 아스트랑에 관해 무언가 알아낼 수 있을지도 모른다. 그는 즉석 사진 일이 있고 십오 년이 지나 그녀를 다시 만났을 때 질문을 던지지 않은 것이 아쉬웠지만, 그녀로부터는 어떤 대답도 얻을 수 없으리라는 것을 진작 알고 있었다.

*

밖으로 나오니 요 며칠에 비해 마음이 편했다. 머나먼 과거에 몸을 담근 것은 잘못이었으리라. 그래봐야 무슨 소득이 있겠는가? 떠올리지 않은 지 벌써 여러 해라, 그 시절은 이젠 불투명한 유리 너머에서야 모습을 드러낸다. 어슴푸한 빛만 유리를 통과할 뿐 누구의 얼굴인지, 누구의 윤곽인지는 구분할 수가 없다. 매끈한 유리가 일종의 보호막 역할을 했다. 어쩌면 그는 자발적 기억상실을 통해 이제야말로 완벽하게 과거로부터 자신을 보호할 수 있게 되었는지 모른다. 그게 아니라면, 너무 강렬했던 그 색채와 질감이 시간 속에서 누그러진 것이리라.

그 거리에서, 파리 거리에 무한한 안온을 선사하는 인디언 서머의 빛 속에서, 그는 또 물위에 누워 있는 듯한 느낌이 들었다. 이런 느낌이 찾아들기 시작한 건 불과 작년부터라, 그는 그것이 자신이 노년에 다가가고 있는 것과 관계가 있을지 모른다는 생각을 했다. 젊었을 적에는, 주로 밤을 하얗게 지새우고 난 뒤면 가만있어도 무의지로 표류하는 듯한 겉잠의 순간들을 겪곤 했는데, 지금의 느낌은 그때와는 다르다. 엔진이 동작을 멈추고 무동력 회전으로 비탈을 내려가는 느낌. 그 끝은 어디일까?

다라간은 산들바람과 제 자신의 무게에 이끌려 미끄러지듯 걸었다. 그러면서 마주 걸어오다 그의 행로에서 잽싸게 벗어나지 못한 행인들과 부딪쳤다. 그는 사과했다. 그의 잘못은 아니었다. 여느 때 길을 걸을 때면, 그는 행여 다가와 말을 걸 만한 지인이 저쪽에서 보이거든 맞은편 인도로 건너가야겠다는 생각에 경계 태세를 한층 강화했다. 그는 정말로 마주치고 싶은 사람을 마주치는 일은 아주 드물다는 것을 알았다. 평생을 살면서 두세 번이나 될까?

하려고만 들면 기꺼이 샤론 가까지 걸어가서 샹탈 그리페에게 드레스를 전해줄 수도 있으련만, 그랬다간 질 오톨리니와 마주칠 염려가 있었다. 그런데 그런들 또 어떤가? 그야말로 그 사내의 불분명한 존재에 관해 잘 알 수 있는 기회가 될 텐데. 샹탈 그리페가 한 말이 떠올랐다. "스베르트 에이전시에서 그 사람을 자를 참이에요." 하지만 여자도 스베르트 에이전시가 존재하지 않는다는 사실을 알았을 것이다. 게다가 그 책은? 출간일이 전쟁 전으로 거슬러올라가는 『경마소요』는? 오톨리니가 전생에 다른 이름으로 사블리에 출판사에 원고를 넘겼단 말인가? 어찌됐든 다라간은 그에 관해 얼마간의 설명을 들을 자격이 있었다.

*

팔레루아얄의 아케이드에 닿았다. 정처 없이 걸어왔다. 하지만 퐁데자르 다리를 건너 루브르박물관 내정을 가로지르다보니 어느새 유년 시절 익숙했던 길을 따라 걷고 있었다. '골동품상의 루브르'라 불리는 건물을 따라 걸으니 그 자리에 있던 루브르 백화점의 크리스마스 진열창이 떠올랐다. 그러다 지금, 마치 산책의 목적지처럼 보졸레 회랑 중간에 다다르니 또다른 기억이 살아났다. 하도 오랫동안 빛도 닿지 않는 저 심처에 파묻혀 있던 기억이다보니 마치 새것 같았다. 그는 그것이 정말로 기억인지, 아니면 마치 자유전자가 떨어져나오듯 과거에서 떨어져나와 이제 더는 과거에 속하지 않는 스냅숏인지 분간할 수가 없었다. 그와 그의 어머니가—함께한 적이 몇 번 되지도 않는 두 사람이—그림과 책을 파는 가게에 들어갔다. 어머니는 두 남자와 이야기를 나누었는데 한 사람은 가게 안쪽 책상에 앉아 있었고, 또 한 사람은 벽난로 대리석 상판에 팔꿈치를 괴고 있었다. 기 토르스텔. 자크 페랭 드 라라. 이 세상이 끝날 때까지 그 자리에 굳어버린 사람들. 샹탈과 폴과 함께 토르스텔의 자동차를 타고 트랑블레에서 돌아오던 어느 가을 일요일에, 대체 어떻게 해서 그 이름을 듣고도, 더구나 가게 주소가 들어 있는 명함까지 보고도 아무것도 떠오르지 않을 수가 있었을까?

심지어 차 속에서 토르스텔은 "파리 인근 집"까지 언급하지 않았던가. 거기, 아니 아스트랑의 집에서 아잇적 그를 보았다면서. 다라간은 생뢰라포레의 집에서 일 년 가까이 머물렀다. 토르스텔은 "아이가 하나 있었던 것이 기억"난다면서 "그 아이가 그쪽이었나보네, 짐작건대"라고 했다. 그리고 다라간은 그에게 뚝뚝하게 대답했다. 마치 자기와는 상관없는 일이라는 듯. 그날 토르스텔이 그를 그레지보당 단지에 내려준 뒤 그는 『그 여름의 어둠』을 쓰기 시작했다. 그런데도 그는 마땅한 틈을 타 토르스텔에게 혹 그 생뢰라포레의 집에 살던 여자를, '아니 아스트랑이라는 여자'를 기억하느냐고, 그 여자가 어떻게 되었는지 아느냐고 물어볼 주변머리도 없었다.

다라간은 보졸레 회랑 근처 공원의 볕드는 벤치에 앉았다. 한 시간 넘게 걸었음직한데 날이 요 며칠보다 더 덥다는 사실도 인식하지 못했다. 토르스텔. 페랭 드 라라. 그래, 페랭 드 라라는 마지막으로 한번 더 보았다. 트랑블레에 간 해와 같은 해였으니 그는 겨우 스물하나였고, 그날 아니 아스트랑이 거론되지 않았더라면 그 만남은 어느 노랫말처럼 차가운 망각의 밤 속으로 저물어 버렸을 것이다. 어느 날 그는 샹젤리제 로터리에 자리한 어느 카페—나중에 드러그스토어로 변신한—에 있었다. 밤 열시였다. 그는 그레지보당 단지나, 그 얼마 전부터 월 육백 프랑에 세 들어 살던 쿠스투 가의 방으로 걸음을 옮기기 전 잠깐 쉬고 있었다.

보자마자 바로 알아차리지는 못했어도, 페랭 드 라라가 테라스에서 그의 앞자리에 있었다. 혼자였다.

왜 남자에게 말을 걸었을까? 그를 못 본 지 십 년이 넘었고, 남자는 분명 그를 알아보지도 못할 텐데. 하지만 그는 첫 소설을 쓰는 중이었고, 아니 아스트랑은 끈질기게 그의 마음을 차지하고 있었다. 어쩌면 페랭 드 라라가 그녀에 관해 아는 것이 있지 않을까?

다라간이 그쪽 테이블로 다가서자 남자가 고개를 들었다. 그래, 그는 다라간을 알아보지 못했다.

"저 장 다라간입니다."

"아, 장……"

남자가 미소를 지었다. 이 시간에 이런 장소에 혼자 있는 자신을 누군가가 알아본 것이 거북한 듯 흐릿한 미소였다.

"못 본 사이에 장성했네. 앉아요, 장."

남자가 자기 맞은편 자리를 가리켰다. 다라간은 일순 망설였다. 테라스의 유리문은 살짝 열려 있었다. 입에 붙은 그 말을 꺼내기만 하면 된다. "잠깐만요, 금방 오겠습니다." 그러고는 어두운 밤거리로 나가 숨을 크게 들이쉬면 된다. 그리고 마침내 여기, 카페테라스에서 영원토록 홀로 남아 기다릴 이 환영에게 되돌아오지 않으면 된다.

다라간은 앉았다. 페랭 드 라라의 로마 조각상 같은 얼굴에는 살이 붙었고 고수머리는 희끗희끗했다. 남자는 바다색 마 재킷을 입고 있었는데 계절을 생각하면 너무 얄팍했다. 남자 앞에는 반 남은 마티니 잔이 놓여 있었다. 다라간은 색깔을 보고 알아보았다.

"어머니는 어떠시고? 연락을 못한 지도 여러 해로군…… 한때는 오누이처럼 지냈었는데."

어깨를 으쓱하는 남자의 시선에서는 근심의 빛이 읽혔다.

"내가 오랫동안 파리를 떠났었거든."

남자는 다라간에게 오랫동안 떠나 있었던 이유를 털어놓고 싶은 모양이었다. 하지만 남자는 침묵을 지켰다.

"친구분이었던 토르스텔 씨와 보브 뷔냥 씨는 다시 만나셨고요?"

페랭 드 라라는 다라간의 입에서 두 이름이 나오자 놀라는 것 같았다. 놀람, 그리고 경계.

"기억력이 좋군. 그 둘이 기억나나?"

남자는 다라간을 물끄러미 바라보았다. 다라간은 그 시선이 불편했다.

"아니, 못 만났어. 아무튼 아이들 기억력이란 못 당하겠군. 그런데 자네는, 어떻게 지내고?"

다라간은 질문에 돋은 가시를 느낀 것 같았다. 하지만 그가 잘못 생각한 것일 수도 있고, 반대로 페랭 드 라라 쪽에서 보면 단지 가을날 밤 열시에 카페테라스에서 홀로 마신 마티니의 효과였을 수도 있다.

"책을 써볼까 하고 있습니다."

다라간은 스스로도 왜 자기가 남자에게 이런 걸 털어놓는지 의문이었다.

"아하, 미누 드루에를 시샘하던 시절처럼?"

다라간은 그 이름을 잊고 있었다. 그래, 그것이 예전에 시집 『내 친구, 나무』를 낸 동갑내기 소녀의 이름이었다.

"아주 어렵지, 문학이라는 게…… 짐작건대 자네도 벌써 깨달았겠지만."

페랭 드 라라의 거들먹거리는 말씨에 다라간은 놀랐다. 남자에 대한 얼마 안 되는 정보와 여태 지닌 어릴 적 기억에 따르면 남자가 좀더 쾌활한 사람일 것 같았건만. 벽난로 대리석 상판에 팔꿈치를 괸 실루엣. 페랭 드 라라 역시 그의 어머니와 토르스텔, 그리고 아마도 보브 뷔냥처럼 '번데기 클럽'의 일원이었을까?

다라간은 그냥 이렇게 물었다.

"그래서, 그렇게 오래 나가셨다가 파리로 완전히 돌아오신 거고요?"

남자는 어깨를 으쓱하더니 다라간에게 오만한 시선을 던졌다. 마치 다라간이 무례한 질문을 했다는 듯.

"'완전히'라는 말을 무슨 뜻으로 썼는지 모르겠군."

다라간도 몰랐다. 그저 대화를 잇고자 한 말이었다. 그런데 이 남자는 성이 났다. 다라간은 벌떡 일어나 이렇게 쏘아주고 싶었다. "자 그럼, 잘 지내십쇼, 선생." 그러고는 미소를 지으며 기차역 플랫폼에서 헤어지듯 손 흔들어 인사를 하고 테라스 유리문으로 나가는 것이다. 그는 자제했다. 참아야 한다. 남자가 아니 아스트랑에 관해 무언가 알고 있을지도 모른다.

"제게 독서 조언도 해주셨었는데, 기억나세요?"

다라간은 감회에 젖은 목소리를 내려 애썼다. 어쨌거나 이 유령 같은 남자가 어린 다라간에게 연녹색 표지의 '아셰트 클래식' 총서에 속한 라퐁텐의 『우화집』을 준 건 사실이었다. 그리고 얼마 뒤에는 이다음에 크거든 『파브리치오 루포』를 읽어보라며 권한 것도.

"확실하구먼, 자네 기억력이 좋은 것이."

페랭 드 라라의 어조는 누그러져 있었다. 남자는 다라간에게 미소를 지었다. 하지만 어딘가 조금 일그러진 미소였다. 남자가 다라간에게 몸을 숙이며 말했다.

"내 이야기를 하자면…… 내가 전에 살았던 파리를 통 못 찾겠어. 오 년간 비웠을 뿐인데, 웬 낯선 도시에 와 있는 것 같군."

남자는 말들이 두서없이 입에서 흘러나가는 걸 막겠다는 듯

입을 꾹 닫았다. 꽤 오랫동안 아무하고도 말을 하지 않은 사람 같았다.

"전화 연락이 되는 사람도 없고…… 그 사람들이 아직 살아 있는지, 나를 잊어버린 건지, 아니면 전화받을 시간도 없는 건지 영 알 수가 없군."

남자의 웃음이 더 넓게 퍼졌고 시선도 더 보드라워졌다. 남자는 아마 제 말 속의 슬픔을, 불이 켜졌어도 곳곳이 어둑어둑하고 썰렁한 테라스와 잘 어울리는 슬픔을 다독이고 싶었으리라.

남자는 속내를 보인 걸 후회하는 기색이었다. 상체를 곧추세우더니 고개를 돌려 테라스 유리문을 바라보았다. 얼굴은 살이 붙고 희끗해진 고수머리가 다소 가발처럼 보이기는 해도, 남자는 십 년 전 곧잘 보였던 동상 같은 우뚝함을 여태 지니고 있었다. 다라간이 자크 페랭 드 라라에 대해 기억하는 몇 안 되는 모습 중 하나였다. 그리고 남자는 대화를 할 때 상대에게 옆모습을 보이는 습관이 있었다. 바로 지금처럼. 한때 남자는 옆모습이 보기 좋다는 말을 들었겠지만, 그에게 그런 말을 한 사람들은 이제 다 죽고 없다.

"근방에 사십니까?" 다라간이 물었다.

남자는 또 다라간에게 몸을 숙이고는 주저하다 대답했다.

"별로 멀지 않지. 테른 구역에 있는 작은 호텔에서 지내고 있어."

"주소를 주시면 좋겠습니다만……"

"정말 필요한가?"

"네, 다시 뵈면 좋겠습니다."

다라간은 이제 본론으로 들어갈 참이었다. 그러면서 얼마간 걱정이 들었다. 그는 목을 가다듬었다.

"여쭤보고 싶은 게 있는데……"

다라간이 음색이랄 게 없는 목소리로 운을 뗐다. 그는 페랭 드 라라의 얼굴이 흠칫하는 걸 포착했다.

"아셨을지도 모르는 사람에 관해서요. 아니 아스트랑이라고……"

다라간은 그 이름을 꽤 큰 소리로, 음절마다 끊어 발음했다. 잡음이 목소리를 잡아먹어버리는 전화 통화를 할 때처럼.

"이름을 다시 말해보지."

"아니 아스트랑."

다라간은 소리지르다시피 말했다. 마치 살려달라고 도움을 요청하는 사람처럼.

"제가 생뢰라포레에 있는 그이 집에서 오래 지냈어요."

다라간이 뱉은 말들은 테라스의 고요 속에서 쇳소리처럼 선명하게 울렸지만, 그래봐야 아무 도움이 되지 않을 것 같았다.

"그래, 기억나는군…… 한번은 우리가 그쪽으로 당신들을 찾아갔지, 자네 어머니랑 같이……"

남자는 입을 다물었다. 그는 더 할말이 없을 것이다. 그와는 별 상관 없는 먼 기억일 뿐이다. 우리의 의문에 대답을 해줄 거라고 그 누구도 믿어선 안 되는 법이다.

그래도 남자는 이렇게 말을 이었다.

"여자가 아주 젊었지. 카바레 무용수였을 거야…… 보브 뷔냥하고 토르스텔이 나보다 그 여자를 더 잘 알았지, 자네 어머니도 그랬고…… 옥살이를 했지, 아마…… 그런데 어째서 그 여자가 궁금한 건가?"

"저한테는 중요한 사람이었거든요."

"그렇군…… 어쩌나, 해줄 말이 없어서 안타깝네. 자네 어머니와 보브 뷔냥이 그 여자 이야기를 하는 걸 언뜻 듣기만 해서."

남자가 사교에 능한 사람처럼 말했다. 그가 누군가를 흉내내고 있는 건 아닌가 하는 생각이 들었다. 청춘의 한 날 그에게 큰 인상을 심어, 바로 그날 밤 그가 거울 앞에서 행동이며 말투를 따라 해봤던 그런 사람, 그의 눈에는 순수한 면도 있는 좋은 남자요, 파리지앵다운 품위 자체였던 그런 사람을.

"내가 해줄 말이라곤 하나밖에 없군. 그 여자가 감옥살이를 했다는 것…… 그 여자에 대해서는 더 아는 게 아무것도 없어."

테라스 네온등이 꺼져서, 마지막 남은 두 손님은 카페가 문 닫을 시간임을 알아차렸다. 페랭 드 라라는 어둑발 속에서 입을 다물고 있었다. 다라간은 요전날 저녁 비를 피해 들어갔던 몽파르나스의 극장을 떠올렸다. 난방이 되지 않아 몇 안 되는 관객은 외투를 그대로 입고 있었다. 그 극장에서 그는 자주 눈을 감았다. 영화 속 목소리와 음악이 영상보다 더 큰 울림을 주었다. 극장 불이 켜지기 전 영화 속 한 먹먹한 목소리가 전한 문장이 지금 뇌리에 되살아났다. 꼭 제 자신이 말하는 듯한 착각을 안겨준 문장. "당신에게 오기까지, 내가 얼마나 이상한 길을 지나와야 했는지."

누군가 그의 어깨를 두드렸다.

"손님들, 곧 문을 닫을 거라서요. 일어나셔야 될 시간입니다."

두 사람은 대로를 건너 낮이면 우표 시장 좌판이 들어서는 공원을 걸었다. 다라간은 페랭 드 라라와 헤어질까 말까 망설였다. 남자가 걸음을 멈추었다. 갑자기 무슨 생각이 퍼뜩 떠오른 것처럼.

"나는 그 여자가 왜 감옥살이를 했는지도 일러줄 수가 없군……"

다라간은 남자가 내민 손을 잡았다.

"곧 다시 보지, 잘되면. 아니면 또 십 년 뒤에 보고."

다라간은 대답할 말을 찾지 못하고 그냥 그 자리, 인도에 서서 눈으로 남자를 좇았다. 너무 얄팍한 재킷을 입은 남자는 저쪽으로 멀어지고 있었다. 남자는 아주 느린 발걸음으로 나무 밑을 따라 걸었다. 그러다 마리니 대로를 건너려던 참에, 낙엽 한아름을 몰고 훅하니 불어온 바람을 등에 맞고는 넘어질 듯 휘청거렸다.

다라간은 집으로 돌아와 혹 샹탈 그리페나 질 오톨리니가 메시지를 남기지는 않았나 하고 자동 응답기를 켰다. 아무것도 없었다. 제비가 수놓인 검은 드레스는 여태 소파 등받이에 얹혀 있었고, 주황색 종이서류철은 책상 위 전화 곁에서 자리를 지키고 있었다. 다라간은 서류철에서 복사물을 꺼냈다.

얼른 훑어보아 아니 아스트랑에 관한 정보는 별로 없었다. 그래도 아주 없지는 않았다. 생뢰라포레에 있던 집의 주소가 언급돼 있었다. '에르미타주 가 15번지'. 집을 가택수색했다는 말이 뒤따라나왔다. 수색이 벌어진 해는 아니 아스트랑이 그를 즉석사진 가게로 데려가고 이어 벤티밀리아 국경 검문소에서 수색을 당한 해와 같았다. 그녀의 형제 피에르(라페리에르 가 6번지, 파리 9구), 그리고 그녀의 '배후'가 아닌가 의심된다는 로제 뱅상(니콜라쉬케 가 12번지, 파리 17구)의 이름도 등장했다.

심지어 생뢰라포레의 집도 로제 뱅상 명의라고 명기돼 있었다. 그보다 훨씬 오래된 한 보고서의 사본도 있었는데, 사법경찰청 풍기단속과 수사정보팀이 노트르담드로레트 가 46번지 호텔에 거주중인 아니 아스트랑이라는 여자에 관해 작성한 보고서에는 이런 말이 있었다. "에투알 클레베르*에서 유명함." 하지만 그 모든 게 잘 보이지 않았다. 마치 누군가가—오톨리니가?—문서고의 자료를 허겁지겁 복사하느라 어떤 말들은 빠뜨리고 어떤 문장들은 서로 전혀 연결이 되지 않는데도 무턱대고 잇대놓은 것처럼.

굳이 이 두껍고 끈끈한 덩어리 속에 다시 몸을 던질 필요가 있을까? 다라간은 자료를 읽어내려가다, 어제 종이들을 애써 해독하며 받은 것과 똑같은 느낌에 사로잡혔다. 겉잠을 자는 동안 들려온 문장들 가운데 몇 마디를 아침이 밝았을 때 떠올리지만, 그것이 아무런 의미도 전하지 못하는 느낌. 그 와중에 명확한 주소들이 점점이 흩뿌려져 있었다. 에르미타주 가 15번지, 니콜라쉬케 가 12번지, 노트르담드로레트 가 46번지. 마치 이 유사流砂 속

* 파리에 있었던 옛 유곽의 이름.

에서 매달려 의지할 지표들이 필요한 것처럼.

자신이 일간 이 종이들을 찢어버릴 거라는 확신이 서고 나니 다라간은 안도감이 들었다. 그때까지는 그것들을 책상 위에 그냥 내버려둘 심산이었다. 어쩌면 끝으로 한번 더 읽다가 아니 아스트랑의 행로를 뒤밟을 숨은 단서를 발견할지도 모르는 일이다.

그녀가 즉석 사진을 담아 보낸 봉투를 한번 찾아볼까. 그것을 받은 날, 다라간은 도로별로 정리된 전화번호부를 찾아보았다. 알프레드드드오당크 가 18번지에 아니 아스트랑이라는 사람은 없었다. 그래도 그녀가 전화번호를 기재하지 않았으므로, 그가 할 수 있는 일이라곤 편지를 쓰는 것뿐이었다. 하지만 과연 답신이 올 것인가?

오늘밤 집필실에서 떠올리자니 그 모든 것이 아득히 멀었다. 세기가 바뀐 지도 벌써 십 년이다…… 하지만 길모퉁이에서 어떤 얼굴을 마주칠 때, 아니, 심지어 대화중 느닷없이 등장한 어떤 단어나 음악 속 어떤 음을 듣기만 해도 그 이름, 아니 아스트랑은 그의 기억 속에 되살아났다. 하지만 그런 일도 갈수록 뜸해졌고 또 갈수록 짧아졌다. 들어왔다 바로 꺼지는 신호등 불처럼.

그는 그때 그녀에게 편지나 전보—알프레드드드오당크 가 18번지. 전화번호 요함. 장—를 보내기가 썩 내키지 않았다. 그렇다고 당시만 해도 남아 있던 기송관氣送管 속달을 보내기도 뭐했다. 그래서 다라간은, 정작 본인이 예정 없는 방문이나 거리에서 별안간 들이대는 사람들을 싫어함에도 불구하고 그 주소로 직접 찾아가기로 했다.

때는 가을, 만성절이었다. 화창한 오후였다. 난생처음 '만성절'이라는 말이 그에게 슬픈 느낌을 일으키지 않았다. 블랑슈 광장에서 지하철을 탔다. 두 번 갈아타야 했다. 에투알에서, 그리고 트로카데로에서. 일요일과 공휴일에는 열차가 운행되는 간격이 길었는데, 그는 공휴일이 아니고는 아니 아스트랑을 만날 수 없을 거라고 생각했다. 햇수를 세보았다. 그녀가 그를 즉석 사진 가게로 데려간 오후로부터 십오 년. 리옹 역에 있었던 어느 날 아침이 떠올랐다. 두 사람이 함께 기차를 탔는데, 긴 휴가철이 시작되는 첫날이라 만원이었다.

트로카데로 역에서 열차가 들어오기를 기다리다 문득 불안해졌다. 그녀는 어쩌면 오늘 파리에 없는지도 모른다. 십오 년이 지난 지금, 그가 그녀를 못 알아볼지도 모른다.

철책에 가로막혀 길이 끝났다. 저 너머로 란라그 공원의 나무들이 보였다. 인도를 따라 주차된 자동차는 한 대도 없었다. 고요했다. 아무도 살지 않는 곳 같았다. 18번지가 맨 끝 오른편 구석에 철책과 나무들을 등지고 있었다. 새하얀 아파트 같기도 하고, 커다란 삼층집 같기도 했다. 입구에 인터폰이 있었다. 인터폰에 달린 유일한 초인종 옆에 이름이 있었다. 뱅상.

건물도 길처럼 쓸쓸했다. 다라간은 초인종을 눌렀다. 인터폰에서 직직대는 잡음이 들렸는데, 어쩌면 나뭇잎들 새로 불어온 바람 소리였는지도 모르겠다. 그는 상체를 숙이고 한 음절 한 음절 끊어가며 두 번 연이어 말했다. 장 다라간입니다. 바람 소리에 절반은 먹힌 여자 목소리가 답했다. "이층이야."

유리문이 천천히 열렸고, 들어가니 새하얀 벽으로 둘러싸인 로비를 등 하나가 환히 비추고 있었다. 다라간은 엘리베이터를 타지 않고 굽이진 계단으로 올라갔다. 이층에 발을 딛자 살짝 열린 문 틈새로 그녀가 서 있는 게 보였다. 얼굴은 반쯤 가려져 있었다. 그녀는 곧 문짝을 당기며 못 알아보겠다는 듯 그를 빤히 쳐다보았다.

"들어와, 우리 꼬맹이 장……"

조심스러우면서도 조금 허스키한, 십오 년 전과 같은 목소리.

그 얼굴도, 눈빛도 변하지 않았다. 머리는 조금 더 길었다. 지금은 어깨까지 닿는다. 그녀가 몇 살 되던가? 서른여섯? 그녀는 여전히 현관에 서서 신기하다는 듯 뚫어져라 그를 보고 있다. 그는 입 뗄 만한 말을 찾았다.

"'뱅상'이라고 써 붙인 초인종을 눌러야 하나 말아야 하나 망설였어요."

"이제 뱅상이 내 성이야. 이름까지 바꿨지 뭐니. 지금은 뭐냐면, 아네스 뱅상."

그녀는 거실인 듯한 이어진 방으로 그를 데리고 갔다. 하지만 방에 가구라고는 소파 하나와 그 옆에 놓인 키 큰 스탠드가 전부였다. 널찍한 유리창 밖으로 여태 잎사귀들을 그대로 매달고 있는 나무들이 보였다. 날이 아직 훤했다. 햇빛이 마룻바닥과 벽에서 반짝였다.

"앉아, 우리 꼬맹아."

그녀도 그를 더 잘 보려는 듯 소파 한쪽 끝에 자리를 잡았다.

"로제 뱅상이라고, 기억하지 아마?"

그녀가 그 이름을 꺼내자마자 다라간이 떠올린 건 생뢰라포레 집 앞에 서 있던 미제 컨버터블 자동차였다. 운전석에 한 남자가 앉아 있었는데, 다라간은 처음에는 큰 키며 말할 때 들리는 가벼운 억양 때문에 남자도 미국인이라고 생각했었다.

"나 몇 년 전에 로제 뱅상이랑 결혼했어."

그녀는 다라간에게 어색한 미소를 지었다. 그 결혼을 용서해 달라는 의미였을까?

"그 사람은 갈수록 파리를 자주 비워. 너를 보면 좋아했을 텐데…… 며칠 전에 내가 전화로 네가 책을 냈다는 이야기도 했어."

생퇴라포레의 어느 오후, 로제 뱅상이 그 미제 컨버터블을 몰고 학교로 그를 데리러 왔다. 자동차는 엔진 소음도 없이 에르미타주 가를 따라 미끄러졌다.

"책을 아직 끝까지 읽지는 못했어. 즉석 사진 가게가 나오는 부분이 바로 눈에 띄는 바람에…… 사실, 내가 소설은 아예 안 읽어서."

그녀는 조금 전 로제 뱅상과의 결혼 소식을 전했을 때처럼 꼭 사과하는 사람 같았다. 아니, 두 사람이 이렇게 함께 소파에 앉아 있는 지금, 그녀가 그 책을 '끝까지' 읽어야 할 필요는 없다.

"내가 네 주소를 어떻게 알았는지 궁금했을 텐데…… 작년에 너를 차로 집까지 바래다줬다는 사람을 만났어."

"기 토르스텔?"

"그래, 기 토르스텔."

그 존재도 우리 염두에 없던 사람들, 한 번 마주치곤 다시 보지 않을 사람들이 어째서 보이지도 않는 곳에서 우리 인생의 중요한 일역을 담당하는 것일까? 그 남자 덕택에 다라간은 아니를 다시 만났다. 그는 토르스텔에게 감사를 전하고 싶었다.

"그 사람을 완전히 잊고 살았는데, 이 근처에 사는 모양이야. 길에서 알은척을 하더라고. 생뢰라포레에 있는 집에 온 적이 있다고, 십오 년 전에."

아마도 지난가을 경마장에서 다라간과 만난 일이 남자의 묵은 기억을 끄집어냈으리라. 그날 토르스텔은 생뢰라포레의 집 이야기를 꺼냈다. 다라간은 토르스텔이 "이제는 파리 어느 쪽 교외였는지 기억이 안 나는군"이라거나 "그 아이가 그쪽이었나보네, 짐작건대"라고 말을 거는데도 대답을 하기 싫어했다. 이미 오래 전부터 아니 아스트랑에 대해서도, 생뢰라포레에 대해서도 생각을 하지 않은 터였다. 하지만 그 만남이, 그가 본인이 그러고 있다는 사실도 모르는 채 행여 다시 살아날까 우려하던 기억들을 일거에 되살렸다. 그래, 그렇게 됐다. 그 기억들은 그렇게 집요했다. 그리고 바로 그날 저녁 다라간은 책을 쓰기 시작했다.

"어느 경마장에서 너를 만났다고 그러던데……"

그녀는 농담을 건네는 듯 미소를 지었다.

"네가 꾼은 아니었으면 좋겠다."

"아니에요, 그럴 리가요."

그가 꾼? 다라간은 왜 그 숱한 사람들이 카지노에 가서 좀비 같은 얼굴을 하곤 말도 하지 않고 움직이지도 않으며 테이블에서 죽치는지 도무지 이해가 되지 않았다. 폴이 그에게 배수걸기에 대한 설을 풀 때마다 집중해 듣는 것이 고역이었다.

"꾼들은 항상 끝이 아주 안 좋아, 꼬맹이 장."

그녀는 아마도 그쪽에 정통한 것 같았다. 그녀는 생뢰라포레의 집에 아주 늦은 시간에 들어오는 일이 잦았고, 그런 날이면 다라간은 그녀가 올 때까지 잠 못 들곤 했다. 자동차 바퀴가 자갈밭을 미끄러지는 소리, 곧 꺼질 것이 확실한 엔진 소리가 들리면 얼마나 마음이 놓였던가. 그리고 복도를 걸어들어오는 그녀의 발소리…… 파리에서 새벽 두시까지 그녀는 무엇을 하고 있었을까? 아마 도박을 했을 것이다. 긴 세월이 흘렀고, 다라간도 이제 어린아이가 아니고 보니 묵은 질문을 하고 싶었다.

"그 토르스텔이라는 사람이 뭘 하는지는 잘 모르겠더라고요. 팔레루아얄에서 고미술상을 하는 것 같긴 한데."

그녀도 딱히 해줄 말이 없는 모양이었다. 다라간은 그녀를 편하게 해주고 싶었다. 그녀도 그처럼, 두 사람 사이에 둘 중 누구도 입에 담을 수 없는 그림자가 존재하는 듯한 느낌이 들었으리라.

"그래서, 이제 작가라고?"

이렇게 말하며 그녀가 미소를 지었는데, 그에게는 그 미소가 농담을 거는 것처럼 보였다. 작가라. 그가 『그 여름의 어둠』을 수배 전단을 작성하는 마음으로 썼다는 걸 왜 그녀에게 털어놓지 않는가? 운이 조금 따라준다면 이 책은 그녀의 눈에 띌 수 있을 것이고, 그러면 그녀에게서 기별이 올 것이다. 이것이 그의 생각이었다. 그것 말고는 없었다.

날이 저물고 있었지만, 그녀는 곁에 있는 스탠드를 켜지 않았다.

"내가 그전에 먼저 연락을 했어야 하는데, 나 사는 게 곡절이 좀 많았거든……"

그녀는 꼭 인생을 다 산 사람처럼 말했다.

"네가 작가가 됐다는 걸 알고도 놀라지 않았어. 어려서 생뢰라포레에 있을 때 참 많이도 읽더니."

다라간은 그녀가 자기가 살아온 이야기를 해주기를 바랐지만, 보아하니 그녀는 그럴 생각이 없었다. 그녀는 그에게 옆얼굴을 보이고 소파에 앉아 있었다. 저물어버린 그 긴 세월에도 불구하고 아주 선명하게 보존된 한 영상이 그의 기억 속에 되살아났다. 어느 날 오후, 아니는 바로 지금처럼 상체를 곧게 세우고 옆얼굴을 보인 채 자동차 운전석에 앉아 있었고, 어린아이였던 그는 옆자리에 앉아 있었다. 자동차는 생뢰라포레의 집 현관 앞에 주차돼 있었다. 그는 보일락 말락 한 눈물 한줄기가 그녀의 오른뺨을 타고 미끄러져내리는 것을 보았다. 그녀는 팔로 재빨리 눈물을 훔쳤다. 그러고는 아무 일 없었던 것처럼 자동차 시동을 걸었다.

"작년에, 생뢰라포레에 살 때 알고 지낸 사람을 만났어요."

그녀는 그를 향해 몸을 돌리곤 걱정 섞인 시선을 던졌다.

"누구?"

"자크 페랭 드 라라라는 사람이요."

"누군지 모르겠는데…… 생뢰라포레에 살 때는 사람들을 하도 많이 만나서."

"그러면 보브 뷔냥 하면, 뭐 생각나는 게 있어요?"

"아니. 전혀."

그녀가 가까이 다가와 다라간의 이마를 쓰다듬었다.

"요 머리로 무슨 생각을 하고 있을까, 우리 꼬맹이가? 나를 취조하고 싶은 거야?"

그녀가 그의 눈을 똑바로 바라보았다. 그 시선에 위협은 전혀 보이지 않았다. 우려가 조금 엿보였을 뿐. 그녀가 다시 그의 이마를 쓰다듬으며 말했다.

"내가 기억력이 별로 안 좋아."

다라간은 페랭 드 라라의 말을 떠올렸다. "내가 해줄 말이라곤 하나밖에 없군. 그 여자가 감옥살이를 했다는 것." 만일 다라간이 그 이야기를 꺼내면, 그녀는 살면서 이보다 놀란 적은 없다는 표정을 지을 것이다. 그리고 어깨를 으쓱하고는 이렇게 대꾸하지 않을까. “그 사람이 나를 다른 사람으로 착각한 모양이지”라거나 “그래서 그 말을 믿었어, 우리 꼬맹이가?”라고. 그리고 그것은 진심일지도 모른다. 우리는 불편하거나 너무 고통스러운 인생 소사들을 결국에는 잊는다. 깊은 물 위에 눈을 감고 누워 물에 가만가만 실리기만 하면 된다. 아니, 그러더라도 그것이 자발적 망각은 아니라고, 그레지보당 단지 일층 카페에서 대화를 나누었던 의사가 말했었다. 더구나 그 의사는 자신이 ‘프랑스 대학 언론’ 출판사에서 펴낸 ‘망각’이라는 제목의 짧은 책을 다라간에게 헌정하기도 했다.

“내가 왜 널 데려가서 즉석 사진을 찍었는지 말해줄까?”

다라간은 그녀가 기꺼운 마음으로 이 화제에 접근하는 게 아니라고 느꼈다. 해가 지고 있었으니, 어둑발이 그 거실에서의 토로를 부추기는 역할을 했는지도 모른다.

“이유는 간단해. 네 부모님이 없는 상황에서, 너를 이탈리아로 데려가려고 했거든. 그러자면 여권이 있어야 했고.”

다라간의 집에는 그가 지난 몇 년간 이 집에서 저 집으로 끌고 다닌 궤짝을 닮은 누런 여행가방이 있었다. 안에는 학창 시절 공책, 성적표, 어릴 적 받은 엽서, 그 시절 읽던 책들—『내 친구, 나무』『화물선의 비밀』『머리 없는 말』『천일야화』—이 담겨 있는

데, 그의 이름이 박히고 그 즉석 사진이 붙은 바다색 낡은 여권도 있을지 모른다. 하지만 그는 가방을 여는 법이 없었다. 가방은 열쇠로 잠갔고, 열쇠는 잃어버렸다. 어쩌면 여권도 잃어버렸는지 모른다.

"그런데, 너를 이탈리아로 데려갈 수가 없었어. 내가 프랑스를 떠날 수가 없게 돼서…… 우리 둘이 코트다쥐르에서 며칠 묵었지. 그리고 너는 너희 집으로 돌아갔고."

그의 아버지가 어느 빈집으로 그를 찾으러 와 두 사람은 기차를 타고 파리로 돌아갔다. 그녀가 말한 '너희 집'은 정확하게 어떤 뜻이었을까? 아무리 기억을 뒤져본들 흔히 '우리집'이라고 부르는 곳에 대한 기억이 그에게는 아예 없었다. 기차는 새벽에 파리 리옹 역에 도착했다. 그리고 하도 길어서 영원히 끝나지 않을 듯했던 기숙학교 시절이 이어졌다.

"네 책에서 그 부분을 보곤, 서류들을 뒤져서 즉석 사진을 찾아냈어."

당시의 우여곡절에 얽힌 또하나의 소사를 알기까지 다라간은 사십 년이 넘는 시간을 더 기다려야 한다. '신원 미상 아동'의 즉석 사진은 벤티밀리아 국경 검문소 수색중 압수한 물품이었다. 그리고 페랭 드 라라의 말. "내가 해줄 말이라곤 하나밖에 없군. 그 여자가 감옥살이를 했다는 것." 그렇다면 분명 그녀는 그 사진과 수색에서 나온 여타 물품을 출소하면서 돌려받았을 것이다. 하지만 지금 소파에 그녀와 나란히 앉아 있는 다라간은 아직 그 사실을 모른다. 지인이 감춰온 인생사를 우리가 알게 된다 해도, 당사자에게 그 이야기를 꺼내기에는 이미 때가 너무 늦곤 한다. 그 사람은 정말 그 일을 우리에게 감춘 걸까? 아마 그 일을 잊었거나, 시간이 흐르면서 그쪽에는 생각을 끊었을 것이다. 아니면 그저 적당한 말을 찾지 못했을 것이다.

"우리가 같이 이탈리아로 못 간 게 아쉽네요." 다라간이 활짝 미소를 지으며 말했다.

그는 그녀가 무언가를 털어놓고 싶어한다고 느꼈다. 하지만 그녀는 가볍게 고개를 저었다. 나쁜 생각들을, 혹은 나쁜 기억들을 떨치려는 것처럼.

"그래서, 그레지보당 단지에 살고 있는 거야?"

"이젠 아니에요. 다른 동네에 셋방을 얻었어요."

다라간은 주인이 파리에 없는 그레지보당 단지 아파트 열쇠를 그대로 가지고 있었다. 그래서 때때로 그 집에 몰래 숨어들었다. 몸을 숨길 수 있는 곳이 두 군데 있다는 생각을 하면 안도감이 들었다.

"블랑슈 광장 쪽에 방을 하나 구해서……"

"블랑슈에?"

그 지명을 듣고 그녀는 익숙한 풍경을 떠올린 것 같았다.

"언제 한번 네 집에 데려가줄래?"

해가 거의 떨어져 그녀는 스탠드를 켰다. 두 사람은 조명 빛무리 가운데에 함께 있었고 거실은 그대로 어둑했다.

"내가 블랑슈 광장 근처는 훤했지. 우리 오빠 피에르 기억나? 그쪽에서 정비소를 하고 있었는데."

갈색 머리 청년. 그는 생뢰라포레의 집에 왔다가 이따금 정원과 우물 쪽으로 창이 난, 복도 왼쪽 끝 작은 방에서 자고 갔다. 그의 무스탕 점퍼와 르노 4CV가 기억났다. 어느 일요일, 아니의 오빠라는 그 남자—이미 그때부터 다라간은 그의 이름을 잊고 지냈다—는 다라간을 데리고 메드라노 서커스단 공연을 보러 갔다. 그러곤 다시 4CV를 타고 생뢰라포레로 돌아왔다.

"여기서 살고부터는 피에르를 통 못 봤어."

"묘한 곳이에요." 다라간이 말했다.

그는 창 쪽으로 고개를 돌렸다. 시커먼 유리창 너머 나무 잎사귀들은 이제 보이지 않았다.

"여기 있으면 세상 끝에 있는 거야, 꼬맹아. 그런 것 같지 않아?"

다라간은 조금 아까, 길의 고요와 그 길을 막다른 길로 만드는 철책을 보고 놀랐었다. 밤이 내리니 그 집이 어느 숲 변두리에 있는 듯한 상상이 들었다.

"로제 뱅상이 전쟁이 나고 이 집을 빌렸어. 압류된 집이었거든, 주인들이 프랑스에서 살 수 없는 사람들이어서…… 그게, 로제 뱅상이랑 같이 있다보면 사정이 늘 조금 복잡하게 돌아가는 지라……"

그녀는 남자를 그냥 '로제'라고만 부르는 일 없이 꼭 '로제 뱅상'이라고 불렀다. 다라간도 어린 시절 그를 만나면 "안녕하세요, 로제 뱅상"이라고 인사했다.

"이 집에서는 더 못 살 거야. 집을 어느 나라 대사관에 임대하거나 허물어버릴 거라나. 가끔, 밤이면 여기 오도카니 혼자 있는 게 무서워. 일층, 삼층이 다 비었거든. 더구나 로제 뱅상은 여기 거의 있지 않고."

그녀는 다라간에게 현재에 관한 이야기를 더 하고 싶어했고, 다라간은 그 마음을 아주 잘 이해했다. 그는 이 여인이 과연 어렸을 적 생뢰라포레에서 함께 지낸 그 사람이 맞을까 하고 생각했다. 그렇다면 그는, 그는 누구일까? 사십 년이 지난 어느 날, 크게 확대한 즉석 사진이 수중에 들어와도 사진 속 아이가 바로 자기라는 것도 알아보지 못할 그는.

*

잠시 후 그녀는 집 바로 근처에 있는 식당에 가서 저녁을 먹자고 했다. 두 사람은 뮈에트 거리에 있는 식당으로 갔다. 그리고 식당 맨 구석 자리에 마주앉았다.

"생뢰라포레에 있을 때, 가끔 우리 둘이서 레스토랑에 갔던 게 기억나요."

"그랬어?"

"레스토랑 이름이 '에르미타주의 오두막'이었어요."

식당 이름이 길 이름과 똑같은 것이 어린 그에게는 신기했다.

그녀는 어깨를 으쓱했다.

"이상하네, 내가 레스토랑에 아이를 데려갔을 리 없는데……"

이렇게 말하는 그녀의 말투가 근엄해 다라간은 놀랐다.

"생뢰라포레 집에서 그뒤로 오래 살았어요?"

"아니, 로제 뱅상이 집을 팔았어. 저, 그 집이 로제 뱅상 앞으로 돼 있었거든."

다라간은 그 집이 아니 아스트랑 것이라고 늘 생각했었다. 그때 그는 그녀의 성과 이름이 하나로 연결돼 '아니아스트랑'인 줄 알았다.

"내가 거기 일 년쯤 있었죠, 아마?"

다라간은 그녀가 대답을 못할까 두려운 듯 가까스로 질문을 꺼냈다.

"그래, 일 년이었나, 기억이 안 나네…… 너희 엄마가 네가 시골 바람을 쐬는 게 좋겠다고 했어. 내 생각에는 너를 떨어뜨려놓으려고 한 것 같았지만."

"어떻게 아는 사이였어요?"

"음…… 친구들을 통해서 알았지. 그때는 사람들을 하도 많이 만나서."

다라간은 그녀가 생뢰라포레 시절에 대해 별말을 하지 않으리라는 걸 알았다. 그는 그저 자신이 가진 적고 빈곤한 기억들로, 그녀가 방금 레스토랑에 아이를 데려갔을 리 없다고 말한 걸로 미루어 그 자신도 정확성을 신뢰할 수 없는 기억들로 자족해야 하리라.

"미안하다, 우리 꼬맹아. 옛일은 거의 생각 안 하고 살아."

그녀는 잠시 머뭇하더니 말을 이었다.

"그때는 힘든 일이 많아서…… 혹시 콜레트라고 기억나?"

그 이름이, 마치 너무 빨리 벽을 훑고 지나가 포착할 수 없는 한줄기 빛처럼 아주 어렴풋한 기억을 깨웠다.

"콜레트, 콜레트 로랑. 내 방에 그애 초상화도 있었지. 화가들 모델을 서주곤 했거든. 나하곤 어릴 적부터 친구였어."

양 창문 사이에 걸려 있던 그림은 쉬이 떠올랐다. 턱을 손바닥으로 받치고 팔꿈치를 탁자에 괴고 있던 젊은 여자.

"그애가 파리 한 호텔에서 살해됐어. 범인은 결국 못 찾았고. 생뢰라포레에도 자주 왔었는데……"

새벽 두시쯤 아니가 파리에서 돌아왔을 때 복도에서 깔깔거리며 웃는 소리가 연신 들리는 날이 있었다. 그러면 그건 아니가 혼자가 아니라는 뜻이었다. 이윽고 침실 문이 닫히고 나면 두런거리는 이야기 소리가 벽을 넘어 들려왔다. 어느 날 아침에는 아니가 그 콜레트 로랑이라는 여자를 차로 파리까지 데려다주는데 다라간도 동행했다. 여자는 아니 옆 조수석에 앉았고, 그는 뒷자리에 혼자 앉았다. 셋이 함께 샹젤리제 공원을 산책하다 우표 시장을 만났다. 일행은 한 좌판 앞에 서서 구경했다. 콜레트 로랑이 봉투에 담긴 우표 한 세트를 다라간에게 선물했다. 고대 이집트 왕의 초상을 갖가지 빛깔로 담은 우표 세트였다. 그날부터 그는 우표를 수집했다. 투명 종이띠에 우표들을 열 맞춰 끼워 넣은 앨범도 궤짝을 닮은 가방 속에 들어 있을지 모른다. 그 가방을 열지 않은 지 십 년이 넘었다. 가방을 없앨 수도 없으면서, 그 열쇠를 잃어버렸다는 사실에는 되레 안도감이 들었다.

또 어떤 날에는 세 사람이 함께 몽모랑시 숲 저편에 있는 동네에 갔다. 아니는 작은 성 비슷한 건물 앞에 주차하면서 그곳이 그녀와 콜레트 로랑이 처음 만난 기숙학교라고 말했다. 세 사람은 교장의 안내를 받으며 학교를 둘러보았다. 교실도 기숙사도 비어 있었다.

"그런데, 콜레트 기억 안 나지?"

"왜요, 나죠." 다라간이 대답했다. "기숙학교에서 알았다면서요."

그녀는 놀란 얼굴로 그를 바라보았다.

"네가 그걸 어떻게 알지?"

"어느 날인가, 나랑 셋이 같이 그 학교를 찾아간 적이 있어요."

"그랬어? 난 기억이 전혀 없는데."

"몽모랑시 숲 건너에 있었어요."

"내가 콜레트랑 같이 너를 거기에 데리고 갔을 리가 없는데……"

그는 그녀의 말을 반박하고 싶지 않았다. 이 모든 것에 대한 해명은 의사가 그에게 헌정한 책에서, 망각에 대해 이야기한 흰 표지의 짧은 책에서 찾을 수 있을지도 모른다.

*

두 사람은 란라그 공원 가를 따라 난 골목길을 걸었다. 어두운 밤과 나무와 그의 팔을 잡고 있는 아니 때문에, 다라간은 그 옛날 몽모랑시 숲에서처럼 아니와 함께 산책하는 듯한 느낌이 들었다. 두 사람은 숲속 한 교차로에 차를 세우고 포송브론 연못이 나올 때까지 걸었다. 이름들이 기억난다. 셴 오 무슈 네거리. 푸앵트 네거리. 이름 하나는 으스스했다. 콩데 왕자 십자로. 아니가 입학시키고 오후 네시 반이면 데리러 오던 작은 학교에서, 선생은 생뢰 성 자기 방에서 목매단 채 발견된 그 왕자 이야기를 했다. 죽음의 정확한 정황은 아무도 알지 못한다고 했다. 선생은 그를 '콩데 가문 말째 손'이라고 불렀다.

"무슨 생각 해, 우리 꼬맹이 장?"

아니가 고개를 다라간의 어깨에 기댔다. 그는 '콩데 가문 말째 손'에 대해, 학교에 대해, 숲속 산책에 대해 생각한다고 대답하고 싶었다. 하지만 그녀가 혹 "아니, 네가 착각한 거야. 나는 전혀 기억에 없는데" 하고 말할까봐 저어되었다. 다라간도 십오 년의 시간이 흐르는 동안 결국엔 다 잊어버렸다.

"꼭 네 집에 나를 불러줘. 다시 블랑슈 광장이 있는 동네에서 너와 같이 있고 싶어."

아니는 두 사람이 기차를 타고 남쪽으로 떠나기 전 그 동네에서 며칠간 묵었던 일을 떠올리는 것 같았다. 하지만 이번에도 그는 질문을 할 엄두를 내지 못했다.

"방이 너무 작다고 할걸요. 게다가 난방도 되지 않고……"

"그건 상관없어. 어려서 그 동네에서 우리 오빠랑 같이 살 때, 겨울에 추워 얼마나 고생했는지 너는 상상도 못할걸."

아니가 말은 그렇게 하면서도 깔깔거리며 웃음을 터뜨리는 걸 보니, 그건 그녀에게 적어도 고통스러운 기억은 아닌 것 같았다.

두 사람은 골목 끝에 다다랐다. 뮈에트 시문市門이 바로 지척이었다. 다라간은 생각했다. 이 가을 냄새, 나뭇잎 냄새, 그리고 젖은 흙 냄새가 불로뉴 숲에서 풍겨오는 건 아닐까. 아니 어쩌면, 시간을 가로질러 몽모랑시 숲에서 풍겨오는 건 아닐까.

*

두 사람은 아니가 비꼬는 뜻을 담아 '자택'이라고 칭한 아파트로 돌아가려 길을 되밟았다. 둘이 함께 걷다보니, 다라간은 미약한 기억상실에 걸린 기분이 들었다. 결국엔 대체 언제부터 이 생면부지 여인과 함께 있었던가 하는 의문마저 들었다. 공원 오솔길에서, 아니면 불 들어온 창 하나 없는 이곳 어느 건물 앞에서 방금 만난 여인인가보다. 어쩌다 불빛 하나가 눈에 띄면 여지없이 꼭대기 층 창이었다. 마치 누군가가 아주 오래전 등불 끄는 것을 잊고 떠난 것처럼.

아니가 그의 팔을 붙잡았다. 그가 아직 거기에 있는지 확인하려는 것 같았다.

"이 시간에 걸어서 집에 들어가다보면 항상 겁이 나. 내가 어디 있는지도 확실히 모르겠고……"

두 사람은 정말로 노 맨스 랜드no man's land, 혹은 모든 것으로부터 차단된 중립지대를 가로질러 걷고 있었다.

"담배를 한 갑 사야 한다든가, 밤중에 문을 연 약국을 찾아야 한다고 한번 생각해봐. 여기선 정말 어려운 일이지."

아니가 다시금 깔깔거리며 웃음을 터뜨렸다. 그녀의 웃음소리와 두 사람의 발소리에 그곳의 길들이 울렸다. 그중에는 어느 잊힌 작가에게 이름을 빌려온 길도 있었다.

그녀는 외투 주머니에서 열쇠 꾸러미를 꺼내 현관 자물쇠에 이것저것 맞춰보더니 이윽고 맞는 짝을 찾았다.

"장, 위층까지 나랑 같이 가줄래? 유령 나올까봐 무서워."

두 사람은 희고 검은 타일이 깔린 건물 입구에 있었다. 그녀가 쌍여닫이 문을 열었다.

"일층 보여줄까?"

한쪽으로 줄지은 빈방. 밝은 나무를 바른 벽과 너른 유리창. 천장 바로 밑 벽에 달린 등에서 하얀빛이 떨어졌다.

"여기가 아마 거실 겸 식당 겸 서재일 거야. 한때는 로제 뱅상이 여기에 물건들을 보관하기도 했는데……"

아니는 문을 닫곤, 그의 팔을 붙잡고 그를 계단으로 이끌었다.

"삼층도 볼래?"

아니는 다시 문 하나를 열더니 역시 천장 높이에 달린 등을 켰다. 일층처럼 빈방이었다. 아니가 유리에 금이 간 창문짝을 밀어 열었다. 너른 테라스가 정원 나무들과 마주보고 있었다.

"옛 주인이 운동실로 썼어. 전쟁 나기 전에 여기 살던 사람."

다라간은 질감이 코르크와 엇비슷한 마룻바닥 여기저기에 팬 구멍들을 눈여겨보았다. 곳곳에 금이 간 채 벽에 고정된 원목 가구에는 작은 아령들이 얹혀 있었다.

"여기는 유령 천지야. 그래서 난 혼자서는 절대로 안 와."

이층 문 앞에 당도했을 때, 아니가 그의 어깨에 손을 얹으며 말했다.

"장…… 오늘밤 나랑 같이 있어줄래?"

그녀가 그를 거실로 이끌었다. 불은 켜지 않았다. 소파에 자리를 잡았을 때, 그녀가 몸을 숙이고 그의 귀에 속삭였다.

"내가 여기서 나가야 할 때가 되면, 블랑슈 광장에 있는 네 방에 나를 받아줄래?"

그녀가 그의 이마를 쓰다듬었다. 그리고 또 나직이 말했다.

"우리가 전에 몰랐던 사이인 것처럼 해. 그럼 쉬워……"

그래, 아무래도 그건 쉬웠다. 왜냐면 그녀가 말하기를 그녀는 이제 성도, 심지어 이름도 다른 사람이 되었으니까.

밤 열한시쯤 집필실 전화가 울렸다. 다라간은 받지 않고 저쪽에서 자동 응답기에 메시지를 남기기를 기다렸다. 처음에는 규칙적이더니 이내 점점 들쑥날쑥해지는 숨소리, 여자인지 남자인지 분간할 수 없는 목소리, 신음 같은 소리, 이어 다시 숨소리가 들리더니 속삭이는 목소리 둘이 뒤섞였는데 내용까지는 들리지 않았다. 다라간은 결국 응답기를 끄고 전화선을 뽑았다. 누구였을까? 샹탈 그리페? 질 오톨리니? 둘이 함께였을까?

다라간은 밤의 고요를 틈타 이제야 '자료'를 마지막으로 한번 더 읽어보기로 마음먹었다. 하지만 글을 읽기 시작하자마자 불쾌감이 들었다. 이미 엉켜 있는 문장들 위에 또다른 문장들이 덜컥 나타나 앞의 것들을 덮어버리고는, 그에게 채 해독할 틈도 주지 않고 어느새 사라져버렸다. 그는 썼다 지우고 다시 쓰기를 거듭해, 일련의 끼적임이 마치 현미경으로 들여다본 세균처럼 모두 포개져 뒤섞인 채 들썩이는 양피지를 앞에 두고 있었다. 그는 피로 탓이려니 여기며 눈을 감았다.

다시 눈을 떴을 때, 『그 여름의 어둠』 중 기 토르스텔의 이름이 등장하는 문단을 복사한 종이가 눈에 들어왔다. 즉석 사진 가게에서 있었던—진짜 삶에서 훔쳐온—일화를 제외하면, 다라간은 자신의 첫 소설에 대한 기억이 없었다. 그래도 하나 남은 기억이 있다면 그것은 나중에 빼버린 첫 스무 쪽에 관한 것이었다. 그 부분이, 추후 스스로 폐기해버리기 전까지는 그가 마음에 품은 그 소설의 시작이었다. 그는 첫 장章의 제목을 이렇게 붙이리라 내다봤었다. '생뢰라포레로의 귀환'. 그 스무 쪽은 여태 종이 상자나 낡은 여행가방 안에 잠들어 있을까? 아니면 벌써 찢어버렸던가? 알 수 없었다.

그 부분을 쓰기 전, 그는 십오 년 만에 마지막으로 한 번 생뢰라포레에 가보기로 했다. 그건 답사라기보다는, 책 첫머리를 쓰는 데 도움이 될까 싶은 마음에 그냥 해본 방문이었다. 그리고 몇 달이 지난 어느 날, 책이 출간되고 아니 아스트랑과 재회했을 때 그는 이 '생뢰라포레로의 귀환'에 대해 말하지 않았다. 그녀가 어깨를 으쓱하며 이렇게 말하지나 않을까 두려웠기 때문이다. "정말 황당한 발상이다 꼬맹아, 거길 다시 가다니……"

경마장에서 기 토르스텔을 만나고 며칠이 지난 어느 날 오후, 그는 아스니에르 시문에서 버스를 탔다. 그쪽 교외는 그 시절 이미 변해 있었다. 그날의 경로가 아니 아스트랑이 자동차로 파리에서 돌아오던 길과 같았을까? 버스는 에르몽 기차역 부근 철길 밑을 지났다. 하지만 사십 년 넘는 세월이 흐른 지금, 그는 그날의 이동에 대해 자신이 혹 꿈을 꾼 건 아닐까 자문한다. 그것을 소설의 한 장으로 삼은 일이 그에게 착각을 불러일으켰는지도 모른다. 그는 생뢰 대로를 따라 올라가 분수가 있는 광장을 가로질렀다. 노란 안개가 껴 있어 숲에서 온 안개일까 하고 생각했다. 에르미타주 가에 이르러서는, 아니 아스트랑과 함께한 시절엔 분명 거기 있는 집들 대부분이 없었고, 그 자리에 길 양편으로 나무들이 서 있어서 잎이 지붕을 만들고 있었다고 회상했다. 그때 그곳이 정말 생뢰였을까? 길에서 바라보이는 집의 모습과 아니가 차를 주차하던 커다란 포치가 눈에 익은 듯했다. 하지만 저쪽 멀찍이 있던 울담은 사라지고 없었고, 그 자리에 기다란 콘크리트 건물이 들어서 있었다.

집 맞은편에는 내닫이창이 달리고 전면이 담장나무로 뒤덮인 이층집이 철책에 둘러싸여 있었다. 철책에 동판이 붙어 있었다. '의학박사 루이 부스트라트'. 어느 날 오전 학교에 다녀와 아니에게 이끌려 이 의사를 찾아간 기억, 그리고 어느 날 밤 그가 아파 의사가 그의 방까지 왕진을 왔던 기억이 났다.

다라간은 길 한가운데에서 잠깐 주저하다 마음을 다잡았다. 작은 정원으로 통하는 울타리 살문을 밀고 들어가 현관 앞 계단을 올랐다. 초인종을 누르고 기다렸다. 빠끔 열린 문 너머로 키가 크고 눈은 푸르고 짧게 친 머리는 허옇게 센 남자가 보였다. 남자를 알아볼 수 없었다.

"부스트라트 선생님이십니까?"

남자가 다라간 때문에 이제 막 잠에서 깬 양 소스라치는 몸짓을 했다.

"오늘은 진료 없습니다."

"저는 그저 선생님과 이야기를 나누었으면 합니다."

"무엇에 관해서요?"

그 질문에 경계의 빛은 조금도 없었다. 말씨는 친절했고, 음색에는 사람을 안심시키는 무언가가 있었다.

"제가 생뢰라포레에 관한 책을 한 권 쓰고 있는데, 여쭤보고 싶은 것들이 있습니다."

다라간은 하도 위축이 돼, 이 말을 하면서 자기가 더듬더듬했을 거라고 생각했다. 박사가 미소를 띤 채 그를 바라보며 말했다.

"들어오세요."

박사는 벽난로에 불을 지핀 거실로 다라간을 이끌곤, 앉으라며 내닫이창과 마주 놓인 안락의자를 가리켰다. 자신은 그 옆에, 생긴 것도 비슷하고 똑같은 타탄체크 천으로 싸인 다른 안락의자에 자리를 잡았다.

"한데, 누가 콕 집어서 나를 찾아가보라고 합디까?"

박사의 목소리는 하도 근엄하면서도 다정해, 제아무리 교활하고 냉혹한 흉악범에게라도 삽시간에 자백을 받아낼 수 있을 것 같았다. 아무튼 다라간이 느끼기에는 그랬다.

"지나가다가 문패를 봤습니다. 의사시면 병원이 있는 지역을 잘 아실 거라는 생각이 들었습니다."

다라간은 마음은 거북해도 말은 명확하게 하려 애썼다. 그래서 머릿속에 자연스레 떠오른 '동네' 대신 '지역'을 가까스로 쓸 수 있었다. 하긴 생뢰라포레도 이제 더는 어릴 적 그 동네가 아니었다.

"잘 찾아오셨소. 여기서 개원한 지 이십오 년 됩니다."

박사는 일어나 책장으로 향했다. 거기 술병 함이 놓여 있었다.

"마실 것 좀 드리리까? 포트와인 좀 드시겠소?"

박사는 다라간에게 잔을 건네곤 다라간 옆 타탄체크 안락의자에 다시 앉았다.

"생뢰에 대해 책을 쓴다고요? 좋은 생각이군요."

"아, 안내책인데…… 수도권 이곳저곳을 다룬 시리즈에 들어갈 겁니다."

다라간은 부스트라트 박사에게 신뢰를 얻을 만한 정보를 물색했다.

"예를 들어 어느 한 장章은 통째로 콩데 가문 마지막 왕자의 의문스러운 죽음을 다루고 있습니다."

"이 작은 도시의 역사에 퍽 정통한 것 같군요."

부스트라트 박사는 이렇게 말하며 파란 눈으로 그를 빤히 보더니 미소를 지었다. 꼭 십오 년 전 맞은편 집 다라간의 방으로 왕진을 와 그를 진찰했을 때처럼. 그때 그는 감기에 걸렸던가, 아니면 복잡하기 짝이 없는 이름의 소아병 중 하나를 앓고 있었던가?

"그런데 역사적인 것 말고 다른 정보들도 얻었으면 하는데요, 예를 들면, 주민들에 얽힌 일화라거나요."

이렇게 긴 문장을 끝까지 당당하게 말했다는 사실에 다라간 자신도 놀랐다.

부스트라트 박사는 생각에 잠겼는지, 벽난로에서 가만가만 타고 있는 장작에 시선을 고정했다.

"생뢰에는 예술가들이 살았지요." 박사가 기억을 환기하려는 양 고개를 주억거리며 말했다.

"피아니스트 완다 란도프스카도 있었고, 시인 올리비에 라롱드도 있었고……"

"이름을 좀 적어도 되겠습니까?"

다라간은 책을 쓰기 시작한 후 항상 몸에 지닌 볼펜과 검은 몰스킨 수첩을 재킷 주머니에서 꺼냈다. 거기에 문장의 편린들이나 소설 제목안들을 적어넣었다. 그는 정성을 기울여 대문자로 이름들을 적었다. 완다 란도프스카. 올리비에 라롱드. 부스트라트 박사에게 자신이 학구적 습관을 가졌다는 걸 보여주고 싶었다.

"알려주셔서 감사합니다."

"다른 이름들도 분명 생각이 날 법한데……"

"정말 친절하십니다. 그런데 혹시, 생뢰라포레에서 일어난 어떤 사건에 관한 기억은 없으신지요?"

"사건이라니요?"

부스트라트 박사는 그 단어에 놀란 것 같았다.

"물론, 범죄를 말하는 건 아닙니다. 그래도 혹 이곳에서 일어난 수상쩍은 일이라거나…… 어디서 듣기로는, 댁 바로 맞은편 집에 괴이한 사람들이 살았다고 하던데요."

이렇게, 다라간은 본인의 예상보다 빨리 본론으로 들어갔다.

부스트라트 박사는 다시금 그 푸른 시선으로 다라간을 빤히 바라보았는데, 다라간은 그 시선에서 모종의 의심을 느꼈다.

"어느 맞은편 집 말인가요?"

다라간은 자기가 너무 멀리 간 게 아닐까 하는 생각을 했다. 하지만 그러지 못할 게 무언가? 그는 생뢰라포레를 안내하는 책을 쓰려 하는 점잖은 청년의 모습을 하고 있지 않은가?

"조금 오른쪽에 있는 집입니다. 포치가 큰……"

"말라드르리 말이오?"

잊고 있던 그 이름이 다라간의 심장을 옥죄었다. 일순 그 집 포치 아래를 지나는 듯한 느낌이 스쳐지나갔다.

"네, 맞습니다, 말라드르리……" 그리고 이 다섯 음절을 입에 담으며, 그는 마치 말라드르리가 그에겐 어떤 악몽과 불가분의 관계인 양 별안간 일종의 불안을, 아니 보다 정확히 말하자면 일종의 공포를 느꼈다.

"누가 말라드르리 이야기를 합디까?"

허를 찔렸다. 부스트라트 박사에게 진실을 말하는 편이 나았을지도 모른다. 지금은 늦었다. 하려면 조금 전 현관에서 했어야 한다. "선생님께서 저를 치료하신 적이 있습니다. 아주 오래전, 제가 어렸을 적에요." 아니다, 그랬다가는 스스로 남의 신분을 슬쩍하는 사칭꾼이 된 느낌이 들었을 터이다. 그때 그 아이가 오늘 다라간에게는 모르는 사람 같았다.

"에르미타주 레스토랑 주인한테 들었습니다."

다라간은 상대의 주의를 딴 데로 돌리기 위해 입에서 나오는 대로 대답했다. 그 식당이 아직 있을까? 아니 심지어, 그의 기억 밖에서 실제로 존재한 적이 있기나 할까?

"그렇군요, 에르미타주 레스토랑…… 난 이제는 그 이름을 쓰지 않는 줄 알았는데. 생뢰를 오래전부터 잘 압니까?"

현기증이 밀려왔다. 우리 인생의 흐름을 바꾸어놓을 만한 고백을 하려는 찰나 우리를 덮치는 그런 현기증. 그 사면 꼭대기에서 미끄럼을 타듯 미끄러지면 그만이다. 마침 말라드르리의 너른 정원 한쪽에는 아마 전 주인이 가져다놓았을 녹슨 미끄럼틀이 있었다.

"아닙니다. 생뢰라포레에 온 건 처음입니다."

바깥에 어둠이 내리고 있었다. 부스트라트 박사가 일어나 등을 켜고 벽난로 불을 쑤석여 일으켰다.

"겨울 날씨군…… 아까 안개 낀 거 봤어요? 불을 피우기를 잘했지."

박사가 안락의자에 앉아 다라간 쪽으로 몸을 구부리며 말했다.

"오늘 우리집을 찾아온 게 운이 좋았어요. 오늘 쉬는 날이거든. 덧붙이자면 이제 집으로 찾아가는 왕진 건수도 줄였고……"

이 '왕진'이라는 말은 다라간을 알아보았다는 걸 알리기 위해 박사가 보낸 신호였을까? 하지만 지난 십오 년 동안 수없이 많은 왕진이 있었을 테고 부스트라트 박사의 집 복도 끝 진료실에서는 수없이 많은 진료가 있었을 터인데, 박사가 그 얼굴들을 전부 기억할 수는 없다. 더구나 그때 그 아이와 오늘날의 다라간이 닮았다고 어떻게 확신한단 말인가?

"정말로, 말라드르리에는 괴이한 사람들이 살았지요. 한데, 내가 그 이야기를 하는 게 정말 유용하다고 봅니까?"

다라간은 이 별 뜻 없어 보이는 말이 다른 말을 감추고 있다고 느꼈다. 마치 라디오를 들을 때 소리가 오락가락하면서 두 목소리가 서로 겹쳐질 때처럼. 꼭 이런 말을 들은 것 같았다. "무엇 때문에 십오 년이 지난 지금 생뢰에 돌아왔소?"

"저 집은 액운이 들었다고도 말할 수 있지. 이름 때문이려나……"

"이름이요?"

박사가 미소를 지었다.

"'말라드르리'가 무슨 뜻인지 압니까?"

"그럼요." 다라간이 대답했다.

실은 몰랐지만, 부스트라트 박사에게 털어놓기가 창피했다.

"전쟁이 나기 전에는, 저 집에 나 같은 의사가 살았답니다. 그 사람은 생뢰를 떠났고…… 내가 이곳에 들어왔을 당시에는 뭐

시앵 퓌러라는 사람이 저 집을 주기적으로 오가곤 했는데, 파리에서 밥업소를 하는 사람이었어요. 왕래가 아주 잦았지. 그때부터 괴상한 사람들이 드나들더군요. 1950년대가 끝날 때까지 그랬어요."

다라간은 박사가 하는 말을 수첩에 메모했다. 박사가 곧 그의 시원의 비밀을, 이제는 저 심연까지 거슬러올라가는 기억의 곁가지들—나뭇잎이 지붕을 만들어 씌운 어떤 길, 어떤 향기, 귀에 익지만 이제는 누구의 것인지 알지 못하는 어떤 이름, 어떤 미끄럼틀—말고는 다 잊힌 그의 초년을 그에게 일러줄 참인 듯했다.

"그러다 어느 무렵인가 뤼시앵 퓌러라는 사람이 안 보인다 싶더니, 뱅상이라는 사람이 집을 사들이더군요. 내 기억력이 쓸 만하다면 로제 뱅상이었지, 아마…… 그 사람은 항상 미제 컨버터블 자동차를 길에 세워두곤 했어요."

십오 년이 지나고 보니 다라간은 그 자동차의 색깔에 대해 자신이 없었다. 베이지였나? 그래, 아마 그랬을 것이다. 시트 가죽은 빨간색이었고. 부스트라트 박사는 차가 컨버터블이었다는 것을 기억하고 있었고, 그의 기억력이 정말 쓸 만하다면 그에게 물어 그 색깔이 베이지가 맞는지 확인할 수도 있을 터였다. 하지만 다라간은 그런 질문을 해서 박사의 의심을 사고 싶지 않았다.

"그 로제 뱅상이라는 사람이 무슨 일을 했는지 내 분명히 알지는 못해요. 뤼시앵 퓌러와 같은 업종이었지 싶은데…… 사십대 남자였는데, 주기적으로 파리에서 이쪽으로 건너왔지."

당시 다라간이 보기에 로제 뱅상은 그 집에서 잠을 자지 않는 것 같았다. 그는 밝을 때 생뢰라포레에 있다가 저녁을 먹고 돌아갔다. 자려고 누우면 그의 차가 떠나가는 소리가 들렸고, 그 소리는 아니의 차가 내는 소리와 달랐다. 더 크고 더 둔탁한 소리.

"사람들 말로는 반半미국인이라고도 하고, 미국에 오래 살았다고도 하고…… 분위기도 미국 사람 같았어요. 키 크고, 운동 잘할 것 같고. 내가 치료한 적도 한 번 있어요. 손목을 삐었지, 아마."

다라간에게 그런 기억은 없었다. 로제 뱅상이 손목에 붕대를 감거나 깁스한 걸 봤다면 강한 인상을 받았을 터인데.

"웬 젊은 여자랑 아이도 살고 있었어요. 여자는 나이로 봐서 아이 엄마는 아니었고…… 나는 아이의 큰누이일 거라고 봤지. 어쩌면 그 로제 뱅상이라는 남자의 딸이었을 수도 있고."

로제 뱅상의 딸? 아니다. 그런 생각이 든 적은 없다. 로제 뱅상과 아니의 정확한 관계에 대해 다라간은 의문을 품어본 적이 없다. 그가 곧잘 하는 생각인데, 아이들은 의문을 품는 법이 없다. 퍽 여러 해가 지난 뒤, 당시에는 수수께끼가 아니었던 수수께끼를 풀려 애쓰고, 자모조차 생소한 낡은 언어로 쓰여 이제는 반쯤 지워진 글자들을 해독하려 애쓸 뿐이다.

"그 집에는 오가는 사람들이 참 많았어요. 더러는 오밤중에 들어오는 사람들도 있었고."

그 시절 다라간은 아니가 돌아오기를 이제나저제나 기다리는 밤이 아니고는 아이답게 잠을 잘 잤다. 밤중에 문짝 삐걱대는 소리나 웅성거리는 소리가 곧잘 들리기는 했어도 이내 다시 잠에 빠졌다. 더구나 그 집은 여러 구획으로 나뉜 큰 집이어서 그로서는 누가 집안에 있는지 알 수가 없었다. 아침 등굣길에 나서다 보면 포치 앞에 차 몇 대가 서 있곤 했다. 아니의 방도 복도를 사이에 두고 그의 방과 같은 구획에 있었다.

"그러면 선생님이 보시기에는, 그 사람들이 다 어떤 사람들이었던 것 같습니까?"

"후에 가택수색이 벌어졌는데, 그때 그 사람들은 다 사라지고 없었어요. 나한테 그런 질문을 하더군요. 내가 가장 가까운 이웃이다보니…… 보니까, 그 로제 뱅상이라는 사람이 당시 '콩비나시'라 불리던 사건에 연루된 것 같습디다. 이 이름은 내가 어디선가 읽은 것인데, 그 내용에 대해서는 잘 모르겠군요. 사실 내가 그런 사건 사고에 통 관심이 없어놔서."

다라간은 정말로 그 일에 대해 부스트라트 박사보다 더 많이 알고자 했을까? 닫힌 문 아래 틈으로 겨우 비치며 문 너머에 누군가가 있음을 알리는 한줄기 빛살. 하지만 그는 문을 열어 방안에, 혹은 벽장 안에 누가 있는지 알고 싶은 마음은 없었다. 익숙한 표현 하나가 순간 뇌리에 떠올랐다. '벽장 속에 시체가 있다'. 아니, 그는 '콩비나시'라는 말 뒤에 숨은 것을 알고 싶지 않았다. 어릴 적부터 그는 똑같은 악몽을 자주 꾸었다. 깨고 나면 처음에는 어떤 위험에서 빠져나온 듯 크나큰 안도감을 느낀다. 그러다 악몽이 점차 선명하게 보인다. 그는 아주 오래전에 벌어진 중대 사건의 공모자, 혹은 증인이었다. 몇 사람이 체포됐다. 그는 좀처럼 발각되지 않는다. 그러나 '범인'들과 연루됐다는 것이 들켜 조사를 받을지도 모른다는 불안 속에 산다. 하지만 질문을 받는다 한들 대답할 도리도 없는 처지다.

"그러면 아이와 함께 있었다던 젊은 여자는 어떻게 됐습니까?" 다라간이 박사에게 물었다.

그는 박사가 여자를 아이의 큰누나로 알았다고 말했을 때 깜짝 놀랐다. 어쩌면 그의 삶에 새 지평이 열리며 어두운 구석을 몰아낼지도 모른다. 기억에도 거의 없고, 어느 모로 보나 그를 떨구어버리고 싶어한 부모 같지 않은 부모. 생뢰라포레의 그 집…… 그는 이따금 자신이 대체 왜 거기에 있는 건지 궁금했다. 내일부터 조사에 나서보리라. 그러자면 우선 아니 아스트랑의 출생증명서를 구해봐야 한다. 그러면서 다라간 자신의 출생증명서도 같이 구해봐야 한다. 하지만 기계로 타이핑한 사본으로 만족할 게 아니라 일체가 수기된 원장부를 조회해야 한다. 그의 출생을 담은 그 몇 줄의 기록에서, 말소하고 고쳐쓴 흔적들과 누군가 지우기를 원한 이름들을 보게 될지도 모른다.

"말라드르리에서 아이와 거의 둘이서만 지내던 여자였는데, 가택수색이 끝나고 그 여자에 대해서도 내게 질문을 하더군요. 그 사람들 표현을 빌리자면 그 여자는 '아크로바틱 댄서'였다고 합디다."

박사는 그 직업명을 가까스로 발음했다.

"내가 누구하고 이 이야기를 하는 건 이번이 처음이에요. 나 말고는 아무도 생뢰에서 일어나는 일을 잘 몰랐으니까. 내가 그 사람들과 가장 가까운 이웃이기도 했고요. 그런데 보면 알겠지만, 나하고는 사는 세상이 워낙 다른 사람들이어서……"

박사가 살짝 조소하는 듯한 미소를 지었다. 다라간 편에서도 백발을 군인처럼 짧게 자르고 특히나 더없이 솔직해 보이는 푸른 눈을 가진 이 남자가 본인 말마따나 그 사람들과 가장 가까운 이웃이었다는 생각을 하자 웃음이 났다.

"설마 이 이야기를 전부 그 생뢰 안내책에 싣지는 않겠지요? 아니면, 경찰서 자료실에서 더 정확한 세부 정보들을 찾아보는 방법도 있을 겁니다. 하지만 솔직히 그럴 필요까지 있으려고?"

다라간은 이 질문에 움찔했다. 부스트라트 박사가 그를 알아보고 속을 꿰뚫어본 것일까? "솔직히 그럴 필요까지 있으려고?" 박사의 이 말에는 온정이 담겨 있었고, 그 말씨는 부모의 나무람이나 아는 사람—어릴 적부터 알고 지낸 사람—의 충고 같았다.

"필요 없습니다, 그럼요." 다라간이 대답했다. "생뢰라포레를 다룬 간단한 안내책에 들어가기에는 걸맞지 않겠지요. 하려고 들면 그 이야기로 소설은 쓸 수 있을지 몰라도요."

다라간은 미끄러운 비탈에 발을 디뎠고, 자칫하면 미끄러져 내려갈 참이다. 박사에게 그의 집 문을 두드린 진짜 이유를 털어놓는 거다. 심지어 이렇게 말할 수도 있을 것이다. "선생님, 진료실로 자리를 옮겨 진찰을 해주시지요, 옛날처럼…… 진료실은 지금도 복도 끝에 있습니까?"

"소설요? 그러자면 등장인물을 다 알아야 할 텐데, 그 집에는 사람이 하도 많이 드나들어서 말이야…… 조사 나온 사람들이 명단을 보면서 이름을 하나하나 거론했는데, 내가 알고 지낸 사람은 하나도 없었어요."

다라간은 그 명단을 꼭 수중에 넣고 싶었다. 그러면 아니의 자취를 찾는 데 도움이 되지 않을까. 하지만 그 사람들은 성을, 이름을, 얼굴을 바꾸곤 모두 어디론가 사라졌다. 아니도, 만일 그녀가 여태 살아 있다면 말이지만, 이제는 아니라고 불리지 않으리라.

"그런데, 아이는요? 아이에 대해 들으신 건 없습니까?"

"전혀요. 가끔 그애가 어떻게 됐을까 궁금하긴 했지요. 인생 첫출발을 그토록 남다르게 시작했으니……"

"그 사람들이 학교에는 보냈는지요?"

"네. 뵈브롱 가에 있는 포레 초등학교에 다녔어요. 아이가 감기에 걸려 결석계에 한마디 써주었던 게 기억납니다."

"그렇다면 포레 초등학교에 가면, 아이가 어디로 갔는지 알 수 있을지도 모르겠군요."

"안됐지만, 소용없습니다. 학교는 이 년 전에 헐렸어요. 아주 작은 학교였거든."

다라간은 학교 운동장, 그 아스팔트 바닥, 플라타너스나무들, 그리고 햇빛 쏟아지는 오후에 녹색 나뭇잎과 시커먼 아스팔트가 이루던 대비를 기억했다. 기억하는 데 굳이 눈을 감을 필요도 없었다.

"학교는 이제 없소만, 집은 보여줄 수 있어요."

다라간은 다시금 부스트라트 박사가 그의 정체를 간파한 게 아닐까 하는 생각을 했다. 하지만 아니다. 그럴 수 없다. 그 아이와 지금의 다라간 사이에는, 그러니까 그가 다른 사람들을, 아니 아스트랑을, 로제 뱅상을, 밤이면 차를 몰고 그 집에 나타났으며 한때 어떤 명단—침몰한 배에 승선한 승객의 명단—에 올랐던 군상을 등지며 함께 등져버린 그 아이와 지금의 그 사이에는 이제 닮은 점이 하나도 없다.

"그 집 열쇠 복사본을 나한테도 맡깁디다. 혹 우리 병원 환자가 그 집을 보고 싶어할 경우를 대비해서요. 집이 매물로 나온 터라…… 하지만 보겠다는 사람은 별로 없어요. 가보겠소?"

"다음에 가겠습니다."

부스트라트 박사는 실망한 듯했다. 그를 안으로 들여 이야기를 나눌 수 있어서 박사가 내심 좋았던 거라고 다라간은 생각했다. 박사는 영원히 저물지 않을 것 같은 휴일 오후를 보통은 혼자 지낼 터였다.

"정말요? 관심이 안 갑니까? 생뢰에서 제일 오래된 집 가운데 하나인데…… 이름에서도 알 수 있지만, 과거 나병 환자 시설이 있던 자리에 지은 집이에요. 쓰신다는 책에 흥미로운 소재가 될 텐데……"

"다음에 가지요." 다라간이 말했다. "다시 오겠다고 약속드리겠습니다."

다라간은 그 집에 들어가볼 용기가 나지 않았다. 그 집이 과거에는 친숙했으되 이제는 때로 꿈속에서나 찾아가는 그런 장소로 남는 편이 좋았다. 꿈속에서 그런 곳들은 겉보기에는 그대로인 것 같으면서도 어딘가 생뚱한 면을 품고 있다. 장막이 쳐졌다거나, 빛이 너무 강렬하다거나. 그리고 이 꿈속에서 우리는 우리가 과거 사랑했으나 이젠 망자가 됐다는 걸 아는 사람들과 마주친다. 우리가 말을 건다 한들 그들은 우리 목소리를 듣지 못한다.

"가구들은 십오 년 동안 그대로 있습니까?"

"가구는 이제 없어요. 방은 다 비었습니다. 정원이야 원시림이 따로 없고."

이슥한 밤 선잠이 들었을 때면 복도 맞은편 아니의 방에서 말소리, 웃음 터지는 소리가 들리곤 했다. 아니는 콜레트 로랑과 함께 있었다. 하지만 목소리와 웃음소리가 다라간이 그 집에서 낮에는 한 번도 보지 못한 남자의 것일 때도 종종 있었다. 그 남자는 그가 학교에 가기 전 이른 새벽에 그 집을 떠났으리라. 영원히 모르는 채로 남을 사람. 그보다 더 선명한 다른 기억 하나가 아무 힘을 들이지 않았는데도 불쑥 떠올랐다. 마치 어릴 적에 외웠다가 뜻도 모르는 채 평생 읊는 노래 가사처럼. 그의 방 창문 둘은 길로 나 있었는데, 지금과는 달리 나무로 그늘진 길이었다. 그의 침대와 마주보는 흰 벽에는 꽃과 과일과 나뭇잎을 그린 채색 판화가 걸려 있었다. 그 하단에 큼지막한 글씨로 이렇게 적혀 있었다. 벨라도나와 사리풀. 나중에는 그것이 독초를 지칭한다는 걸 알게 됐지만, 그때 그의 관심은 문자들을 해독하는 데 있었다. 벨라도나와 사리풀. 그가 처음으로 읽을 수 있게 된 낱말들. 두 창문 사이에는 다른 판화가 걸려 있었다. 검정 황소 한 마리가 고개를 수그리곤 어딘가 음울한 눈빛으로 그를 쏘아보고 있었다. 이 판화에는 홀슈타인 간척지의 황소라는 제목이 달려 있었는데, 벨라도나와 사리풀보다 글자가 작아 읽기가 더 어려웠다. 하지만 며칠이 지나자 결국 읽는 데 성공했고, 그 낱말들을 아니가 준 편지지 묶음에 전부 옮겨 적을 수도 있게 됐다.

"제가 제대로 이해했다면 말입니다, 선생님, 가택수색에서 아무것도 찾아내지 못한 겁니까?"

"모르겠어요. 며칠 머물면서 집을 탈탈 털더군요. 아마 그 사람들이 집에 무언가를 숨긴 모양인데……"

"수색에 대해 당시 신문에 난 기사도 없고요?"

"없어요."

순간 다라간의 뇌리에는 비현실적이기 짝이 없는 계획이 떠올랐다. 아직 두세 쪽밖에 못 쓴 책의 인세를 받으면 그 집을 사는 거다. 필요한 도구를 준비한다. 드라이버, 망치, 장도리, 못뽑이. 그리고 몇 날 며칠 동안 직접 꼼꼼한 수색에 나선다. 차근차근 거실과 침실의 내장 목재를 뜯어내고 거울을 부숴 그들이 숨긴 것을 찾는다. 비밀 계단과 비밀 문도 찾는다. 그리하여 마침내 그 자신이 잃어버리고 간 것, 그 누구와도 이야기 소재로 삼을 수 없었던 것을 되찾는다.

"혹 버스를 타고 오셨소?" 부스트라트 박사가 물었다.

"네."

박사가 손목시계를 보았다.

"안타깝지만 내가 차로 파리까지 바래다드릴 사정은 못 됩니다. 아스니에르 시문으로 가는 막차가 이십 분 뒤에 출발해요."

두 사람은 밖으로 나와 에르미타주 가를 따라 걸었다. 전에는 공원 울담이 있던 곳에 들어선 기다란 콘크리트 건물 앞을 지나쳤지만, 다라간은 사라지고 없는 담에 대해 말을 꺼내고 싶은 마음은 없었다.

"안개가 짙군요." 박사가 말했다. "이제 벌써 겨울인가……"

두 사람은 말없이 걸었다. 박사는 하도 곧고 뻣뻣한 사람이라 풍모가 꼭 옛 기마병 장교 같았다. 다라간은 어린 시절엔 그처럼 밤에 생뢰라포레의 거리를 거닌 기억이 없었다. 딱 한 번, 크리스마스 때 아니와 함께 자정미사에 다녀왔을 때를 빼고는.

버스가 대기중이었다. 시동도 걸려 있었다. 둘러보니 다라간이 유일한 승객인 것 같았다.

"오후 한나절 같이 이야기를 나눌 수 있어 좋았습니다." 박사가 손을 내밀며 인사를 건넸다. "그 생뢰 안내책에 관한 소식을 들었으면 좋겠군요."

다라간이 승차하려는 순간, 박사가 그의 팔을 붙잡았다.

"생각난 게 있어요. 말라드르리와 오늘 이야기한 그 좀 이상한 사람들에 대해서. 최적의 증인은, 아마 그 집에 살던 아이일 겁니다. 그 아이를 찾아보는 게 어떨지…… 어떻게 생각해요?"

"그건 너무 어려울 겁니다, 선생님."

다라간은 버스 맨 뒷좌석에 자리를 잡고 앉아 차 뒤창 너머를 돌아보았다. 부스트라트 박사가 가만히 서 있었다. 아마 버스가 첫 모퉁이를 돌아 사라질 때를 기다리고 있었으리라. 다라간은 손을 들어 그에게 인사를 했다.

집필실에서, 다라간은 상탈 그리페가 연락을 해올 경우를 대비해 전화와 응답기를 다시 연결하기로 했다. 하지만 샤르보니에르 카지노에서 돌아온 오톨리니가 그녀 곁을 잠시 잠깐도 떠나지 않을 것 같았다. 제비가 수놓인 검은 드레스를 여자가 찾아가야 할 텐데. 드레스는 여태 거기, 소파 등받이에 마치 우리 곁을 떠나기 싫어 평생 우리를 따라다니는 그런 물건처럼 걸려 있었다. 예컨대 다라간이 젊었을 적 장만했다가 몇 년 타고 처분해야 했던 파란 폭스바겐처럼. 그 차는 그가 이사를 할 때마다 새 아파트 앞에 서 있었다. 그런 일이 오랫동안 계속되었다. 차는 그에게 충성하며 그가 가는 곳마다 따라왔다. 차 열쇠는 이미 잃어버리고 없었다. 그러다 어느 날, 차가 사라졌다. 아마 이탈리

시문 지나, 남부로 가는 고속도로가 닦이기 시작한 지점에 있던 폐차장들 가운데 어느 한 곳으로 갔을 것이다.

다라간은 그의 첫 소설 첫 장인 '생뢰라포레로의 귀환'을 다시 보고 싶었지만 찾아봐야 헛일일 것 같았다. 오늘밤, 이웃한 아파트 마당에 서 있는 소사나무 이파리들을 바라보며 그는 자신이 그 첫 장을 찢어버렸다고 생각한다. 확신한다.

둘째 장도 없앴다. 2장은 '생뢰라포레로의 귀환'의 여세를 몰아 쓴 '블랑슈 광장'이었다. 잘못된 시작을 바로잡는다는 괴로운 느낌 속에서 그는 모든 것을 처음부터 다시 시작했다. 그러나 다라간이 그 소설에 대해 지금껏 품고 있는 기억이라고는 남은 전부를 떠받치는 기둥 역할을 한, 혹은 일단 소설이 완성되고 나면 철거될 비계飛階 역할을 한 그 첫 두 장에 관한 것이 다다.

그는 '블랑슈 광장' 스무 쪽을 예전에는 호텔이었던 쿠스투 가 11번지의 방에서 썼다. 그로부터 십오 년 전 아니에게 이끌려 들어간 몽마르트르 언덕 발치의 동네에서 다시 지내던 시절이었다. 두 사람은 생뢰라포레를 떠나 그 동네로 흘러들었다. 다라간은 아니와 함께 지내던 장소로 돌아가면 책을 쓰기가 더 쉬울 거라고 생각했다.

동네는 그간 꽤 바뀌었을 테지만, 그는 거의 알아보지 못했다. 그리고 사십 년이 지난 21세기의 어느 오후, 그는 택시를 타고 우연히 그 동네를 지났다. 길이 막히는 바람에 차가 클리시 대로와 쿠스투 가가 만나는 모퉁이에 멈췄다. 몇 분 동안 내내 보아도 마치 기억상실증에 걸린 것처럼, 이제는 제 도시 속 이방인이 되어버린 것처럼 그는 아무것도 알아볼 수가 없었다. 하지만 그건 전혀 문제가 되지 않았다. 건물들과 거리들이 흘러온 세월을 거슬러올라가, 그가 마음에 품은 풍경으로 모습을 바꾸었기 때문이다. 그 옛 풍경이 지나치리만큼 매끈하고 권태로운 오늘의 파리를 덮어버렸다. 쿠스투 가에 있던 자동차 정비소 간판이 저 오른쪽으로 보이는 것 같았고, 당장이라도 택시 기사에게 차를 세워달라고 말하곤 사십 년 만에 그의 옛 방으로 다시 들어갈 수 있을 것 같았다.

당시 그가 살던 층의 위층에서 호텔의 낡은 방들을 원룸으로 개조하는 공사가 시작됐다. 그는 벽을 부딪는 망치 소리에서 벗어나 책을 쓰고자, 쿠스투 가와 교차하는 퓌제 가에 있으면서 그의 방 창문에서도 내다보이는 한 카페로 피신했다.

'에어로'라는 이름의 카페에는 오후에 손님이 하나도 없었다. 밝은 목재 내벽, 격자천장, 역시 밝은 목재를 댄 외벽, 창을 보호하는 아랍 문양 목조 창살 등을 보면 '에어로'는 카페라기보다는 술집 같았다. 사십대로 보이는 갈색 머리 남자가 카운터 너머에 서서 신문을 읽고 있었다. 남자는 오후 한때 좁은 계단을 통해 어디론가 사라졌다. 다라간은 계산을 하려고 처음에는 남자를 불러보았으나 무소식이었다. 나중에는 남자가 으레 없으려니 하곤 오 프랑짜리 지폐를 테이블에 놓고 나왔다.

며칠이 지나서야 남자가 다라간에게 말을 걸어왔다. 그때까지 남자는 다라간을 짐짓 모르는 척했다. 커피를 주문할 때마다 못 들은 것처럼 보였기 때문에, 남자가 결국 커피메이커를 돌리는 걸 보고 다라간은 놀라곤 했다. 와서 커피잔을 테이블에 내려놓으면서도 남자는 그에게 눈길 한 번 주지 않았다. 다라간도 다라간대로 홀 맨 구석에 자리를 잡고 있었다. 그 자신도 잊히길 원하는 것처럼.

어느 날 오후, 다라간이 원고 한 쪽 퇴고를 끝내던 참에 웬 중후한 목소리가 들렸다.

"그래, 이제 계산을 하시려고요?"

다라간은 고개를 들었다. 저기 카운터 너머에서 남자가 그를 보며 웃고 있었다.

"늘 안 좋은 시간에 오시네요. 여긴 오후에는 사막이에요."

남자는 여전히 이기죽거리는 미소를 띤 채 다라간의 테이블로 다가왔다.

"앉아도 되겠어요?"

남자가 의자를 당겨 다라간과 마주보고 앉았다.

"뭘 쓰십니까, 대체?"

다라간은 대답하기가 망설여졌다.

"탐정소설이에요."

남자는 의미심장한 시선으로 다라간을 바라보며 고개를 끄덕였다.

"요 근처에 사는데, 공사중이라 너무 시끄러워 일을 할 수가 없어서요."

"구 퀴제 호텔 말이에요? 정비소 맞은편?"

"네. 그런데 주인께선, 여기 계신 지 오래됐습니까?"

자신에 관한 이야기를 피하기 위해 말을 돌리는 것은 다라간의 습관이었다. 질문에 다른 질문으로 대답하는 것이 그 방법이었다.

"이 동네를 죽 지켰죠. 이 가게 전에는 호텔을 했고요, 저 아래로 좀 내려가 라페리에르 가에서."

라페리에르라는 말에 다라간의 심장이 쿵쿵 뛰었다. 아니와 함께 생뢰라포레를 떠나 이 동네로 왔을 때, 두 사람은 라페리에르 가의 한 집에서 지냈다. 아니는 이따금 집을 비우면서 그에게 열쇠 복사본을 건넸다. "밖에 나갔다가 혹 길 잃어버리면 안 돼." 그러면서 그녀는 종이에 큼직한 글씨로 '라페리에르 가 6번지'라고 적어주었고, 그는 그것을 두 번 접어 주머니에 넣고 다

넜다.

"거기 살던 여자를 압니다만." 다라간이 멍한 목소리로 운을 뗐다. "아니 아스트랑이라고."

남자가 놀라 다라간을 바라보았다.

"그러면 그땐 정말 어렸겠네요. 이십여 년 전 일이니까요."

"제 생각에는 십오 년 전일 겁니다."

"그 여자 오빠 피에르를 알고 지냈어요. 그 사람이 라페리에르가에 살았고요. 집 바로 옆에서 정비소를 했는데…… 하지만 그 사람 소식도 못 들은 지 퍽 오래예요."

"그 여자도 기억하십니까?"

"조금요. 아주 젊어서 이 동네를 떠났어요. 피에르에게 듣기론, 퐁티외 가에서 나이트클럽을 하는 어떤 여자에게 신세를 진 댔던가……"

남자가 아니를 다른 사람과 혼동하는 게 아닐까 하는 생각이 들었다. 하지만 생뢰라포레에 자주 왔던 아니의 친구 콜레트가 어느 날엔가 두 사람을 차에 태우고 파리로 가서, 우표 시장이 섰던 샹젤리제 공원 근처 어느 길로 들어간 기억이 곧이어 났다. 거기가 퐁티외 가였던가? 두 여자는 함께 한 건물로 들어갔다. 그는 자동차 뒷자리에 앉아 아니가 나오기를 기다렸다.

"그 여자가 어떻게 됐는지는 모르시고요?"

남자가 다라간을 바라보는 눈길에 모종의 의심이 담겼다.

"모릅니다. 왜, 많이 친한 사람이었어요?"

"어린 시절에 알고 지냈습니다."

"그랬으면 이미 다 변했지…… 시효라는 게 있으니까요."

남자는 미소를 되찾고는 다라간 쪽으로 몸을 숙이며 말했다.

"언젠가 피에르에게 들었는데, 그 여자한테 무슨 문제가 생겨 감옥살이를 했대요."

*

남자는 지난달 어느 저녁 카페테라스에 혼자 앉아 있던 페랭 드 라라와 똑같은 말을 썼다. '감옥살이'. 두 사람의 어조는 서로 달랐다. 페랭 드 라라에게, 자기 세계에 속하지 않은 사람을 다라간 때문에 하는 수 없이 입에 담는다는 듯한 무시 담긴 거리감이 있었다면, "그 여자 오빠 피에르"와 알고 지냈다는 카페 주인에게는 모종의 친근함이 있었다. 그에게는 "감옥살이"가 대수롭지 않은 일인 듯했다. 그의 말에 따르면 "밤 열한시나 돼야" 들이닥친다는 그의 일부 고객 때문이었을까?

다라간은 아니가 아직 살아 있다면 의문에 대한 답을 줄 거라고 생각했다. 그뒤 책이 출간되고 운좋게 아니를 다시 만났을 때, 다라간은 그 문제에 관한 질문은 꺼내지 않았다. 그녀는 대답하지 않았을 것이다. 그는 라페리에르 가에 있던 방도, 그녀가 주소를 적어준 종이도 입에 담지 않았다. 그 종이는 진작 잃어버렸다. 행여 십오 년 동안 지니고 있다가 아니에게 보여주었다 한들 그녀는 이렇게 말했을 것이다. "에이, 꼬맹이 장, 이건 전혀 내 글씨가 아니잖아."

'에어로'의 주인은 그녀가 감옥신세를 진 이유를 몰랐다. "그 여자 오빠 피에르"는 그 일에 관해 일절 함구했다. 다라간은 두 사람이 생뢰라포레를 떠나기 전날 아니가 안절부절못했던 것을 기억했다. 심지어 아니가 오후 네시 반에 학교 앞으로 그를 데리러 오는 것까지 잊는 통에, 그는 혼자 집으로 돌아왔다. 별로 무섭지는 않았다. 길을 따라 앞으로만 가면 되는 쉬운 일이었다. 아니는 거실에서 통화중이었다. 그를 보더니 손짓으로 인사만 하곤 통화를 계속했다. 저녁이 되자 아니는 그를 자기 방에 데려다놓았다. 그는 아니가 여행가방 가득 옷을 싸는 걸 지켜보며, 그녀가 자기를 그 집에 혼자 두고 떠나지는 않을까 두려웠다. 하지만 아니는 내일 둘이 함께 파리로 갈 거라고 말했다.

그날 밤, 아니의 방에서 이야기 소리가 들렸다. 그는 로제 뱅상의 목소리를 가려낼 수 있었다. 얼마 후, 미제 자동차의 엔진 소리가 차츰 멀어지더니 완전히 사라졌다. 그는 아니의 자동차가 떠나가는 소리가 들려오지나 않을까 두려웠다. 그러다 잠이 들었다.

*

어느 날 원고 두 쪽을 쓰고 호텔 개조 공사가 하루 일을 마치는 저녁 여섯시 무렵 '에어로'를 나서는데, 십오 년 전 아니 없이 혼자 길을 걷다가 여기까지 온 적이 있었던가 하는 생각이 스쳤다. 홀로 한 산책이 여러 번은 아니었을 테고, 시간도 그가 기억하는 것보다 더 짧았을 터였다. 아니는 정말로 어린아이가 혼자 동네를 어슬렁거리게 내버려두었던 걸까? 두 번 접어 들고 다닌 쪽지에 그녀가 직접 적은 주소—다라간이 지어낼 수 없을 만큼 구체적인 기억—가 명백한 대답이었다.

한번은 어떤 길을 따라가니 그 끝에 물랭루주가 보였다. 길을 잃을까 두려워, 대로에 솟은 교통섬 너머까지 갈 엄두는 내지 못했다. 요컨대 그때 몇 걸음만 더 내디뎠어도 지금 있는 이곳에 닿았을 터였다. 이런 생각을 하자 시간이 사라진 듯한 기묘한 느낌이 들었다. 십오 년 전 그는 7월의 뙤약볕 아래서 바로 요 근방을 어슬렁거리고 있었는데, 지금은 12월이다. '에어로'를 나설 때면 늘 날이 벌써 저물어 있었다. 그런데 별안간 계절도, 해도 서로 뒤섞여버렸다. 다라간은 라페리에르 가까지 걷기로 했다. 그때와 똑같은 경로를 따라 똑바로, 계속 똑바로. 경사진 길을 따라 내려가다보니 시간을 거슬러올라가고 있다는 확신이 들었다. 퐁텐 가를 다 내려가면 밤이 걷히고 날이 밝아오며 7월의 태양이 다시 떠오를 것이다. 아니는 쪽지에 주소만 덜렁 쓴 것이 아니라 이런 말도 덧붙여 썼다. 네가 길을 잃어버리지 않게. 그 큼직한 글씨는 구식 필체여서 생뢰라포레의 학교에서는 이미 쓰지 않는 것이었다.

노트르담드로레트 가의 경사도 지나온 길만큼이나 가팔랐다. 그냥 미끄러지듯 걸었다. 조금 더 내려가서 왼쪽 길로. 딱 한 번, 두 사람은 깜깜한 밤에 함께 집으로 돌아간 적이 있다. 기차를 타기 전날이었다. 아니는 그의 머리인지 목덜미인지에 한 손을 얹었다. 그가 옆에서 잘 따라 걷고 있는지 확인하기 위한 안전장치였다. 두 사람은 몽마르트르 묘지를 굽어보는 고가도로 저편에 있는 테라스 호텔에 다녀오는 길이었다. 호텔에 들어갔더니 로비 구석 안락의자에 로제 뱅상이 앉아 있었다. 두 사람은 그와 함께 앉았다. 아니와 로제 뱅상이 이야기를 나누었다. 다라간은 그들의 안중에 없었다. 그는 이해를 못하는 채 대화를 들었다. 그들은 아주 작은 목소리로 이야기했다. 한순간 로제 뱅상이 같은 말을 되풀이했다. 아니가 "기차를 타야" 하고 "차는 정비소에 두고 가야" 한다고. 아니는 뜻이 다른 것 같더니 결국 동의했다. "그래, 당신 말이 맞아. 그편이 더 안전해." 로제 뱅상이 그를 돌아보더니 미소를 지으며 말했다. "자, 이건 네 거야." 그는 표지가 빳빳한 바다색 수첩을 건네며 펴보라고 말했다. "네 여권이야." 다라간은 사진 속 제 모습을 알아보았다. 즉석 사진 부스에서 너무 강한 불빛에 매번 눈을 깜박여가며 찍은 사진. 다라간은 여권 첫 쪽에 적힌 이름과 생일을 읽었는데, 성이 자신의 것이 아니라 아니의 것으로 돼 있었다. 아스트랑. 로제 뱅상이 근엄한 목소리로 "함께 가는 사람"과 같은 성을 써야 하는 거라고 말했고, 설명은 그것으로 충분했다.

돌아오는 길에, 아니와 다라간은 대로 교통섬 위로 걸었다. 물랭루주를 지나서는 왼편으로 난 좁다란 길을 따라갔다. 길이 끝나는 곳에 정비소가 보였다. 두 사람은 페인트와 기름 냄새가 나는 정비소 작업장을 가로질렀다. 안쪽에 유리로 벽을 세운 방이 있었다. 젊은 남자가 책상 앞에 앉아 있었는데, 이따금 생뢰라포레에 왔었고 하루는 다라간에게 메드라노 서커스단을 구경시켜 준 그 남자였다. 아니와 남자는 아니의 자동차에 대해 이야기했다. 차가 저쪽 벽과 평행하게 주차돼 있는 게 보였다.

정비소를 나서니 밤이었다. 그는 불이 들어온 간판을 읽어보았다. '블랑슈 광장 그랑 정비소'. 이 말을 그는 십오 년이 지난 뒤, 쿠스투 가 11번지 그의 방 창문에서 몸을 빼고 다시 읽었다. 불을 끄고 잠을 청하려 하면, 빛을 받은 그 말들이 침대 맞은편 벽에 격자무늬 그림자를 만들었다. 아침 일곱시면 공사가 시작되기 때문에 그는 일찍 잠자리에 들었다. 잠을 설치고 나면 글 쓰는 게 힘들었다. 선잠이 들었을 땐 아니의 목소리가 들렸고, 그 소리는 점점 멀어져 어떤 문장의 끄트머리만 알아들을 수 있었다. "……네가 길을 잃어버리지 않게……" 그 방에서 잠을 깬 그는 길 저편에서 이편으로 건너오는 데 십오 년이라는 시간이 걸렸다는 걸 깨달았다.

*

작년, 그러니까 2012년 12월 4일 오후였다. 다라간은 그 날짜를 수첩에 메모해두었다. 교통 체증이 길어져 그는 택시 기사에게 우회전해서 쿠스투 가로 들어가달라고 했다. 저멀리 정비소 간판이 보인다고 생각했지만 착각이었다. 정비소는 없어졌다. 같은 길에 있던 카바레 '네앙'*의 검은색 나무 입구와 벽면도 없어졌다. 길 양편에 들어선 건물들의 외관은 지난날 생긴 균열과

* 프랑스어로 '무(無)'라는 뜻.

더러움을 지워버리는 유약이나 흰 셀로판지를 뒤집어쓴 듯 매끈해 보였다. 외관 너머 저 깊숙한 곳에서는 박제 만들기가 열심히 진행되어 끝내는 속을 텅 비워버렸으리라. 퓌제 가로 들어가니 '에어로'의 나무 벽과 유리창이 있던 자리를 하얀 벽이, 망각의 빛깔인 하양이 채우고 있었다. 다라간도 사십 년 넘는 세월이 흐르는 동안 첫 책을 쓰던 시절을, 그리고 주머니에 두 번 접힌 종이—네가 길을 잃어버리지 않게—를 넣고 혼자 거리를 거닐던 여름철을 하얗게 칠했다.

*

그날 밤 정비소에서 나온 두 사람은 바로 맞은편 인도로 길을 건너지 않았을 것이다. 그러므로 두 사람은 분명 '네앙' 앞을 지났다.

십오 년이 더 지났을 때까지 '네앙'은 그 자리에 그대로 있었다. 다라간은 거기 들어가고픈 생각이 조금도 없었다. 시커먼 구멍 속에서 우왕좌왕하기가 꺼려졌다. 더구나 그곳 문턱을 넘는 사람도 좀체 없는 듯 보였다. '에어로' 주인에게 그곳에서 어떤 공연을 하는지 물었다. "피에르 동생이 열여섯에 데뷔를 한 곳이 거기라나봐요. 관객들은 전부 깜깜한 데 있고, 곡마사며 아크로바틱 댄서며 스트립 댄서들이 나온다던데요." 그날 밤, 아니는 자기가 '데뷔'한 곳의 입구를 힐끗 바라보았던가?

길을 건널 때가 되자 아니가 그의 손을 잡았다. 그는 처음으로 파리의 밤을 보았다. 두 사람은 그가 대낮에 홀로 거리를 거닐 때 습관적으로 향하던 퐁텐 가를 따라 내려가지 않았다. 아니는 그를 데리고 교통섬을 따라 걸었다. 십오 년 뒤 그는 그때 그 교통섬 위를 다시 걸었다. 겨울이었고, 앞에는 크리스마스를 맞이한 노천 시장이 그를 등지고 서 있어, 점점 잦아드는 모스부호를 띄우며 그를 불러대는 하얀 네온 불빛으로부터 눈을 뗄 수가 없었다. 불빛들은 이제 마지막으로 반짝이며 그가 그 동네에 아니와 함께 머물던 여름을 여태 밝히고 있는 것 같았다. 두 사람은 그 동네에 얼마나 머물렀던가? 여러 달, 여러 해? 소스라치며 깨고 나면 고작 몇 초가 지났다는 걸 깨닫게 되지만 꾸는 동안은 한없이 길게 느껴지는 꿈에서처럼?

라페리에르 가까지 가는 동안 그는 자신의 목덜미를 잡고 있는 아니의 손길을 느꼈다. 그는 아직 언제 튀어나가 차에 치일지 모르는 어린애였다. 계단을 오르기 전, 아니는 조용히 올라가야 한다는 뜻으로 검지를 자기 입술에 갖다댔다.

*

그날 밤 다라간은 몇 번을 자다 깼다. 그는 아니의 방 소파에서 잤고, 아니는 넓은 침대에 들었다. 두 사람의 여행가방이 침대 발치에 놓여 있었는데, 아니의 것은 가죽이었고 그의 것은 그보다 작은 양철 가방이었다. 아니가 한밤중에 일어나 방에서 나갔다. 옆방에서 그녀가 오빠인 듯한 남자와 이야기하는 소리가 들렸다. 그러다 그는 잠들었다. 다음날 아침, 아주 이른 시각에 아니가 이마를 쓰다듬으며 그를 깨웠다. 아니의 오빠까지 세 사람이 함께 한 테이블에 둘러앉아 아침을 먹었다. 아니는 혹 전날 로제 뱅상이 호텔 로비에서 건넨 바다색 수첩을, 즉 '장 아스트랑'이라는 이름으로 된 그의 '여권'을 잃어버린 건 아닌가 걱정하며 핸드백을 뒤졌다. 하지만 아니었다. 여권은 핸드백 속에 그대로 있었다. 훗날 쿠스투 가에서 지내던 시절, 다라간은 자기가 그 위조 여권을 언제 잃어버렸나 하는 의문을 품었다. 아마도 청소년기에 접어들어 첫 기숙학교에서 쫓겨난 무렵인 것 같았다.

아니의 오빠가 두 사람을 차에 태우고 리옹 역까지 바래다주었다. 사람이 많아 역 앞 인도와 역사의 너른 홀을 지나기가 어려웠다. 아니의 오빠가 짐을 들었다. 아니 말로는 긴 휴가철의 첫날이라고 했다. 아니는 차표를 끊으려 창구에 줄을 섰고, 그동

안 그는 아니의 오빠와 함께 짐을 내려놓고 기다렸다. 사람들과 부딪치지 않도록, 짐꾼들이 끄는 카트에 발을 밟히지 않도록 조심해야 했다. 시간이 늦어 세 사람은 승강장까지 뛰었다. 아니는 그가 군중 속에서 길을 잃어버리지 않게 그의 손목을 꼭 잡았고, 아니의 오빠는 짐을 들고 두 사람을 뒤따랐다. 두 사람은 앞쪽 찻간에 올라탔고 아니의 오빠도 따라서 탔다. 통로에 사람이 많았다. 아니의 오빠가 가방들을 찻간 초입에 내려놓고 아니와 포옹했다. 그러더니 웃으며 그에게 귓속말을 했다. "잊어버리면 안 돼. 이제 네 이름은 장 아스트랑이야, 아스트랑." 그는 열차 출발 직전 겨우 승강장에 내려 두 사람에게 손들어 인사했다. 열차가 미끄러지기 시작했다. 한 객실에 빈자리가 하나 있었다. "넌 저기 앉아. 나는 복도에 있을게." 아니가 말했다. 그는 아니와 떨어지기 싫었지만, 아니가 그의 어깨를 붙들고 안으로 이끌었다. 그는 아니가 자기를 거기에 두고 떠날까봐 겁이 났지만, 자리가 객실 문 옆이라 아니를 지켜볼 수 있었다. 아니는 복도에 움직이지도 않고 우두커니 섰다가, 이따금 고개를 돌려 그에게 미소를 지어 보였다. 아니가 은제 라이터로 담뱃불을 붙이고 이마를 차창에 갖다댔다. 바깥 풍경을 보고 있는 것 같았다. 다라간은 객실의 다른 승객들과 눈이 마주치는 게 싫어서 고개를 수그렸다. 혼자 있는 아이를 보고 어른들이 으레 그러듯 그들이 질문을 해올

까봐 두려웠다. 그는 일어나서 아니에게 그들의 가방이 아까 그 찻간 초입 자리에 그대로 있느냐고, 누가 훔쳐갈 염려는 없느냐고 물어보고 싶었다. 아니가 객실 문을 열고 몸을 숙이고는 조용히 말했다. "식당칸으로 가자. 둘이 같이 앉을 수 있을 거야." 그가 보기에는 객실 승객들이 두 사람을 물끄러미 관찰하는 것 같았다. 그러곤 영상들이 마치 필름이 삭아버린 영화처럼 툭툭 끊기며 이어진다. 두 사람이 찻간 통로를 지나는데, 아니가 그의 목덜미를 잡고 있다. 이 찻간에서 저 찻간으로 넘어가려 아코디언 모양 연결부를 지날 때, 차가 하도 흔들려 넘어질 것 같아 그는 무섭다. 그가 똑바로 걸을 수 있도록 아니가 그의 팔을 붙잡는다. 두 사람은 식당칸 테이블에 마주보고 앉는다. 합석은 하지 않아도 된다. 다른 테이블에도 사람이 거의 없다. 복도며 객실이며 사람이 꽉 들어찬 찻간들을 거쳐 왔는데 이곳은 딴판이다. 아니가 그의 뺨을 어루만지며 되도록 오래 이곳에 있자고, 누군가가 와서 일어나야 하지만 않는다면 내릴 때까지 있자고 말한다. 그는 저쪽 찻간에 두고 온 여행가방이 걱정이다. 가방을 두고 내리면 어쩌나, 아니면 누군가가 가방을 벌써 훔쳐갔으면 어쩌나. 그는 아마 어느 날 로제 뱅상이 생뢰라포레로 가져와 그에게 선물한 '비블리오테크 베르트' 전집 중 어느 책에서 그런 이야기를 읽은 모양이다. 그래서 그런 꿈이 평생을 두고 그를 따라다닌 모양이다. 기차에서 짐을 잃어버리는 꿈, 혹은 승차장에 남아 있는데 기차가 짐을 실은 채 떠나버리는 꿈. 오늘 그가 그 꿈들을 전부 기억한다면 잃어버린 가방이 수백 개는 될 것이다.

"걱정하지 마, 우리 꼬맹이 장." 아니가 웃으며 말한다. 이 말에 그는 안심한다. 두 사람은 점심을 다 먹고도 여태 자리에 그냥 앉아 있다. 식당칸에는 이제 아무도 없다. 기차가 커다란 역에 정차한다. 그는 아니에게 다 왔느냐고 묻는다. 아직이야, 아니가 대답한다. 아니는 지금 시간이 저녁 여섯시쯤 됐는데 이 도시에 도착하면 항상 이 시간이더라고 말한다. 몇 년 뒤, 그는 같은 기차를 자주 타던 중 두 사람이 겨울철 해질녘에 도착한 도시의 이름을 알게 된다. 리옹. 아니가 핸드백에서 카드 한 벌을 꺼내 점치는 법을 가르쳐주려 하지만, 그는 전혀 이해하지 못한다.

그는 그런 장거리 여행이 처음이었다. 와서 방해하는 사람은 하나도 없었다. "사람들이 우리를 잊어버렸나봐." 아니가 말한다. 이후 그 모두에 관해 남은 기억은 어느새 망각에 갉아먹혀버렸고, 필름이 튀어 한 장면에서 멈춰 서버렸을 때처럼 선명한 이미지 몇만 남아 있다. 아니가 핸드백을 뒤져 바다색 수첩—그의 여권—을 꺼내 그에게 내밀며 바뀐 이름을 잘 기억하라고 한다. 며칠이 지나면 두 사람은 '국경'을 넘어 다른 나라로, '로마'라는 이름의 다른 도시로 간다고 한다. "이름을 잘 기억해놔. 로마. 내가 장담하는데, 로마에서는 그 사람들이 우리를 못 찾아내. 거기 내 친구들이 살거든." 그는 아니의 말을 잘 이해하지 못하지만, 아니가 웃음을 터뜨렸으므로 자기도 따라 웃는다. 아니는 다시 카드 점을 치고, 그는 아니가 테이블에 카드를 열 맞춰 늘어놓는 것을 지켜본다. 기차가 다시 한번 커다란 역에 서자 그는 다 온 거냐고 묻는다. 아니다. 아니에게 카드 뭉치를 건네받은 그는 색깔별로 카드를 분류하는 데 재미를 붙인다. 스페이드. 다이아몬드. 클로버. 하트. 아니가 이제 짐을 찾으러 가야 할 시간이라고 말한다. 두 사람은 다시 찻간에서 찻간으로 통로를 되밟았고, 아니는 때론 그의 고개를, 때론 그의 팔을 붙든다. 통로와 객실들은 비어 있다. 아니가 사람들이 죄다 먼저 내렸다고 말한다. 유령 기차 같다. 두 사람은 아까 그 찻간 초입에서 짐을 되찾는다. 날은 저물었고, 두 사람은 아주 자그마한 역의 휑한 승강장에 서 있다. 철길과 나란히 난 골목을 따라 걷는다. 아니가 어느 담벼락 속으로 움푹 들어간 문 앞에 서더니 핸드백에서 열쇠를 꺼낸다. 두 사람은 어둠 속에서 통로를 따라 내려간다. 창문에 불이 밝혀진 하얀 집이 나온다. 불이 아주 환하게 켜지고 희고 검은 타일이 깔린 방으로 들어간다. 하지만 그의 기억 속에서 이 집은 생뢰라포레의 집과 잘 구분되지 않는다. 아마 그곳에서 아니와 함께 지낸 시간이 너무 짧았기 때문일 것이다. 그래서 그 집에서 그가 지내던 방은 생뢰라포레의 방과 똑같아 보인다.

그로부터 이십 년 후 코트다쥐르를 찾았을 때, 다라간은 그 작은 역과, 철길과 집들을 품은 담벼락 사이로 따라갔던 골목길을 알아볼 수 있을 것 같았다. 에즈쉬르메르. 바닷가에서 레스토랑을 운영하는 머리 희끗한 남자에게 묻기까지 했다. "에스텔 곶에 있던 엠비리코스 빌라를 말씀하시는 것 같은데……" 엉겁결에 그 이름을 받아 적는데 남자가 말을 이었다. "뱅상이라는 사람이 전쟁중에 사들였어요. 그러더니 압류를 당하더군요. 지금은 호텔로 바뀌었고요." 섬뜩했다. 아니, 그는 그곳까지 찾아가 확인하지는 않을 것이었다. 다라간은 여태 고이 파묻혀 있던 슬픔이 마치 불붙은 완연緩燃도화선처럼 지난 세월을 타고 서서히 타들어가지나 않을까 너무 두려웠다.

두 사람은 바닷가로는 도무지 나가지 않는다. 낮에는 정원에서 지낸다. 거기서 바다가 보인다. 아니는 그 집 차고에서 자동차를 찾았는데, 생뢰라포레에서 몰던 차보다 더 크다. 저녁이면 아니는 그를 데리고 식당에 간다. 두 사람은 절벽을 따라 난 해안 도로를 달린다. 바로 그 차를 타고 '국경'을 넘어 '로마'까지 갈 거라고 아니가 말한다. 마지막날, 통화를 하려 거푸 정원을 비우며 아니는 불안해 보였다. 두 사람은 베란다에 마주앉아 있다. 그는 카드 점을 치는 아니를 보고 있다. 아니는 고개를 수그리곤 이맛살을 구기고 있다. 아니는 카드 위에 또 카드 한 장을 내려놓기까지 오래 심사숙고하는 척하지만, 그는 그녀의 뺨 위로 흘러내리는 눈물 한줄기를 본다. 하도 가늘어 보일락 말락 한 눈물, 마치 그날처럼, 생뢰라포레에서 그가 자동차 조수석에 앉았던 날처럼. 밤이 되자 아니는 옆방에서 통화를 했고, 그에게는 목소리만 들릴 뿐 내용은 들리지 않는다. 아침이 밝자 그는 커튼 사이로 들어와 벽에 오렌지색 얼룩을 만드는 햇살 때문에 눈을 뜬다. 처음에는 별일 아니려니 한다. 자동차 타이어가 자갈밭과 마찰하는 소리가 들린 뒤 엔진 소리가 멀어진다. 그가 그 집에 혼자만 남았다는 걸 깨닫기까지는 아직 얼마간의 시간이 더 필요하다.

현대의 기억과 망각에 대하여

"내가 사건의 실상을 알려줄 수는 없다. 그 그림자만 보여줄 수 있을 뿐." 스탕달의 자전소설 『앙리 브륄라르의 생애』를 인용한 이 제사題詞가 곧 이 소설의 시작이고 끝이다. 책 읽기를 마치고 처음으로 돌아와 다시 보면 이 인용문이 노골적인 스포일러로 느껴질 정도다. 하지만 굳이 제사를 이야깃거리 삼지 않아도, 스스로 "언제나 똑같은 책을 써온 것 같다"고 한 작가의 말을 끌어오지 않아도, "작가의 작품 전체가 한 편의 시와 같고 새 소설은 하나의 시절詩節이 더해지는 것"이라는 세간의 평을 참고하지 않아도, 모디아노의 소설을 처음 접한 독자가 아니라면 이미 어떤 이야기가 어떤 방식으로 진행될지 사전에 어느 정도 감을 잡고 있을 것이다. 그리고 익숙한 이야기와 익숙한 전개 방식이 독자가 한 작품에 대해 갖는 흥미와 호기심과 몰입을 방해하지 않는다는 것도 알고 있으리라.

소설의 시작은 추리소설을 닮았다. 추리소설의 발단과 전개에 필요한 요소들이 모여 있다. 대인 기피에 가깝게 고독한 주인공, 불청객처럼 느닷없는 전화, 잃어버린 물건, 위협적인 남자, 비밀이 많은 여자, 주인공을 조여오는 압박, 거기에 사칭, 도박, 경마…… 그러나 추리소설의 악당 역할을 톡톡히 해낼 것 같던 남자와 여자는 어느새 연기처럼 사라진다. 고독과 망각으로 자신을 포위하며 살아온 육십대의 소설가 장 다라간에게 과거로 통하는 문을 열어주고는 자취를 감춘다. 그들의 역할은 거기까지다. 주인공이 대적해야 하는 상대는 이제 외부의 악당이 아니라 자신의 과거, 자신의 기억, 그리고 그 기억 속으로 빠져들기를 거부하는 본인의 저항일 뿐이다. 실제로 본 소설이 출간된 직후 어느 매체와 가진 인터뷰에서 작가는 탐정소설에 관한 이야기를 나누다가, 쓸 의향이 있으면서도 쓰지 않는 이유를 묻는 기자의 질문에 "추리소설은 명확한 결론을 필요로 하며, 불확실하고 몽환적인 과거와는 어울리지 않기 때문"이라고 답한다. 그리하여 장 다라간은 '불확실하고 몽환적인' 과거로, 현시점의 인디언 서

머처럼 유예된 채 남은 과거로 발을 내디딘다. 저항을 해도 한번 시작된 역류를 막을 길은 없다. 과거로, 그 과거를 발판으로 더 먼 과거로 떠나는 일만 남았다. 내면의 추리, 과거의 추리가 이어진다는 점에서는 추리소설이라 이르는 것도 영 틀린 말은 아닐지 모르겠다.

노년의 다라간은 청년이었던 자신을 찾아간다. 스물한 살의 작가 지망 청년과 육십대의 소설가는 모디아노의 어떤 소설에서보다 더 빈번하게, 활발하게 서로 번갈아들며 재구성할 과거에 대한 정보를 제공한다. 청년 다라간이 기 토르스텔, 자크 페랭 드 라라, 부스트라트 박사, 카페 주인, 그리고 과거 여행의 핵심이자 목적지와 같은 아니 아스트랑을 만나는, 약 일 년여의 시간을 두고 벌어진 일들이 사건의 순서와 무관하게 그려진다. 이쯤에선 이미 사건이 일어난 순서는 독자의 관심 밖이다. 작가가 시간과 무관하게 사건들을 그리면서도 일의 순서를 알 수 있는 표시들을 곳곳에 배치해놓았건만, 어찌된 일인지 주인공의 말마따나 그 모든 건 썼다 지우고 다시 쓰기를 거듭한 양피지에 남은 흔적들처럼 한데 뒤섞여버린다. 과거는 밝힐수록 어두워지는 듯하다. 미끄럼을 타듯 타고 내려간 과거 여행의 끝에는 더 먼 과거가 있다. 거기에는 한 어린아이가 있다. 아이를 둘러싼 상황에는 모디아노의 소설에 단골로 등장하는 코드가 집결돼 있다. 2차 대전이 끝난 지 얼마 되지 않은 프랑스의 을씨년스러운 분위기, 방치된 아이, 불성실한 부모, 아이를 맡아 돌보는 유사類似 부모, 위법의 경계를 넘나드는 수상한 사람들…… 등장인물 부스트라트 박사의 말을 빌리면 "인생 첫출발을 그토록 남다르게 시작"한 어린 다라간의 생활환경을 근거로, 이 소설은 모디아노의 소설 중 가장 자전적인 작품이라는 평을 얻었다. 그것이 정설이라는 것은 작가의 2014년 노벨문학상 수상 연설문을 빌려 확인할 수 있다.

(…) 저는 툭하면 제 부모와 떨어져서 낯설기 짝이 없는 부모의 지인들에게 맡겨져 이곳저곳을 전전하며 지냈습니다. 막상 당시에는 아이는 아무것도 놀랍지가 않습니다. 아무리 괴이한 상황에 처했다 해도 어린아이에겐 그것이 아주 자연스러워 보이니까요. 저의 유년기가 이해 불가하게 여겨진 건 훨씬 뒤의 일이고, 저는 제 부모가 저를 맡긴 숱한 사람들과 사흘이 멀다 하고 바뀌던 숱한 장소들에 대해 좀더 자세히 알아보고자 했습니다. 하지만 그 사람들이 누구인지 거개는 밝힐 수 없었고, 거쳐간 장소들과 집들의 지리적 지점을 정확하게 집어내지도 못했습니다. 정작 성공하지는 못하면서도 과거의 수수

께끼를 풀고 싶다는, 그리고 미스터리를 밝히고 싶다는 욕망이 저에게 글쓰기의 열망을 부추겼습니다. 마치 글을 쓰고 상상을 하는 작업이 저 수수께끼와 미스터리를 마침내 해결할 수 있는 길인 양 말입니다. (…)*

그래서 청년 다라간은 청년 모디아노처럼 글을 쓰기 시작한다. "과거의 수수께끼"의 핵심인 아니 아스트랑을 찾는 수배 전단을 작성하는 마음으로 첫 소설을 쓴다. 아니 아스트랑을 찾는 전단에 생뢰라포레와 블랑슈 광장 부근에서 그녀와 함께한 시절이 빠질 수 없음은 물론이다. 그 장소들에 대한 첫 두 장章이 그의 소설에서, 혹은 그의 삶에서 "남은 전부를 떠받치는 기둥", 소설 집필의 공간을 확보하는 "비계" 역할을 한다는 걸 그는 잘 알고 있다. 하지만 일단 소설이 완성되고 나자 그는 소설의, 혹은 그의 삶의 "잘못된 시작을 바로잡는다는 괴로운 느낌 속에서" 그 부분을 스스로 폐기해버린다. 하지만 물리적으로 폐기되었음에도 기억은 질기게 살아남는다. 본 소설은 이 폐기된 첫 두 장을 재현하기 위해 떠난 여정의 기록이다.

* 파트릭 모디아노, 노벨문학상 수상 연설문, 권수연 옮김, 계간 『문학동네』 2015 봄호, 581~585쪽 참조.

하지만 그 여정에서 힘겹게 과거와 대면한다고 해도 분명히 규명되는 것은 없다. 어제와 오늘의 기억이 다르고, 나와 너의 기억이 다르다. 다라간 자신도 본인의 기억을 신뢰하지 못한다. 어떤 기억은 이미 논할 수 있는 시효가 지나 확인할 수 없다. 앞서 언급한 연설문에서, 작가는 이것을 과거의 기억과 유형을 달리하는 현대의 기억, 현대의 망각이라 일컫는다.

> (…) 하지만 오늘날의 기억은 자기에 대한 확신을 많은 부분 잃은 채 기억상실과 망각에 맞서 끊임없이 싸워야 하는 듯합니다. 이 차폐, 모든 것을 뒤덮고 있는 이 군집한 망각으로 인해 우리가 끝내 포착할 수 있는 것은 과거의 조각들, 뚝뚝 끊긴 흔적들, 달아나려 하기에 도무지 붙잡을 수 없는 인간의 운명일 뿐입니다. (…)

하지만 모든 게 불분명하기만 한 건 아니다. 소설이 기억상실과 망각과 몽환의 영역 속에서 행여 "유사流砂"처럼 떠내려가는 것을 막는 안전장치로서, 파리와 파리 교외라는 공간 배경의 "명확한 주소들이 점점이 흩뿌려져 있"다. 이 주소들을 따라 이동하는 경로만큼은 명확하고 구체적이다. 다라간이 '자료' 속에 등장하는 주소들을 보며 "이 유사 속에서 매달려 의지할 지표들"을 떠올리듯, 본 소설에 등장하는 주소들은 꿈과 기억을 따라가다 좌초할 위기에 처할 독자에게는 현실감을 유지할 수 있는 기준점이 된다.

이처럼 파리라는 도시는 모디아노의 소설에서 공간 배경의 역할을 넘어 한 소설이 태어날 수 있는 근거와 터전의 역할을 한다. 다시 저자의 연설을 소환하자면, "저는 어릴 적부터 부단히 '파리의 미스터리' 탐험에 나섰습니다. 아홉이나 열 살쯤 먹었을 때에도 혼자 나다니다 길을 잃을까 걱정이 안 드는 건 아니면서도 조금씩 더 먼 낯선 동네로, 센 강 우안까지 찾아가곤 했습니다" 하고 말하는 작가의 유년은 아니가 주소를 적어준 종이를 주머니에 넣고 혼자서 파리 몽마르트르 언덕 근처를 배회하는 어린 다라간의 모습과 그대로 포개진다. 모디아노는 대도시와 '특별한 연'을 맺고 글을 쓴 발자크, 디킨스, 도스토옙스키 등 위대한 작가들을 언급하며, 자신이 파리라는 도시를 대상으로 하여 그들이 마련한 전범을 뒤따르는 그들의 후예임을 공공연히 언급하고 있다. 대도시를 터전 삼아 글을 쓴다는 것, 그 대도시가 다름 아닌 파리라는 사실은 작품의 배경과 등장인물의 경험의 테두리를 넘어 작가 자신의 정체성, 글쓰기의 시발점을 형성한다.

특정한 공간들을 매개로 크게 보아 세 시점을 부지런하게 넘나들던 소설은 오랜 과거 속 한 막다른 길에서 덜컥 끝을 맺는다. 참담한 유기의 현장. 기어코 현실이 되고야 마는 여섯 살 다라간의 불안. 즉석 사진 부스에서 사진을 찍듯, 불이 붙어 타들어간 완연도화선이 폭발을 일으키듯 그 섬광에 눈을 감아버리고 싶은 장면. 아니 아스트랑은 왜 다라간을 버렸을까? 자신을 추적해오는 사람(들)을 피해 도망치느라 경황이 없어서였을까? 국경을 넘는 데 어린아이가 거추장스러워서였을까? 아니, 어쩌면 다라간을 생각해서였을까? 소설 72쪽에는 예전에 아니 아스트랑이 로마에서 다라간에게 엽서를 보냈으며, "그것이 그녀가 그에게 띄운 마지막 기별"이라는 말이 나온다. 그렇다면 엽서를 보낸 시점은 언제인가? 아니가 먼 과거에 실패한 월경越境을 청넌 다라간을 만난 뒤에 감행했다는 말일까? 영화가 상영되다가 "필름이 튀어 한 장면에서 멈춰 서버렸을 때처럼" 덜컥 찾아온 결말 앞에서 질문은 그대로 질문으로 남는다.

본 소설이 프랑스에서 출간된 것은 2014년 10월 초다. 그때부터 오늘에 이르는 사이 저자는 작가로서 커다란 영예를 얻었고, 그의 문학적 터전 파리는 두 차례에 걸쳐 커다란 위기를 겪었다. 작가도, 도시도 어떤 의미에서 이전과는 달라질 수밖에 없는 존재가 되었다. 그 사실이 작가의 작품에 어떤 영향을 끼치게 될지 자못 궁금하다. 『네가 길을 잃어버리지 않게』 이후 아직 소식이 없는 작가의 신작을 두근대는 마음으로 기다린다.

2016년 봄

권수연

파트릭 모디아노 연보

1945년 7월 30일 불로뉴 비양쿠르에서 유대인 혈통의 이탈리아 출신 사업가인 아버지 알베르 모디아노와 벨기에 영화배우인 어머니 루이자 콜페인(본명은 루이자 콜핀) 사이에서 태어남. 부모는 점령중 파리에서 서로 만나 신분을 감춘 상태에서 함께 살았다. 무역업에 종사했다는 것 외에는 정확하게 알려진 것이 없는 아버지는 불확실한 신분 상태로 대부분 부재 상태였고 어머니 역시 순회공연으로 집을 비우는 일이 많아서 모디아노는 어린 시절의 상당 부분을 여러 기숙학교에서 보냈다.

1947년 남동생 뤼디 태어남.

1951년 파리 근교 주이 앙 조자스의 몽셀 초등학교 입학.

1956년 오트 사부아에 있는 생 조제프 중학교 입학.

1957년 남동생 뤼디가 혈액 관련 병으로 세상을 떠남. 뤼디를 무척 아꼈던 그는 1967년에서 1982년 사이에 발표한 초기 작품들을 뤼디에게 헌정한다. 동생의 죽음은 그의 어린 시절의 종말을 의미했으며 그는 이 시절에 대하여 간절한 향수를 지니게 된다.

1960년 파리의 앙리 4세 고등학교에 입학. 열다섯 살에 어머니의 친구이며 『지하철 안의 자지*Zazie dans le métro*』의 작가로 유명한 소설가 레몽 크노를 기하학 개인교사로 모시게 되면서 크노를 통해 문학의 세계에 눈을 뜨게 된다. 크노와의 만남은 결정적이었다. 그를 통해서 그는 저 유명한 갈리마르 출판사의 칵테일파티에도 참석하여 문단의 저명인사들을 만난다.

1963년 안시에서 대학입학자격시험에 합격하나 더이상 공부를 계속하지 않고 문학에 열정을 바치기로 결심하고 소설을 쓰기 시작함.

1967년 첫 소설 『에투알 광장*La place de l'Étoile*』을 완성하여 레몽 크노에게 원고 검토를 부탁함.

1968년 첫 소설 『에투알 광장』이 크노의 주선으로 갈리마르 출판사에서 출간되어 로제 니미에 상과 페네옹상을 수상함. 이후 오로지 작가로서 글쓰기에만 전념함.

1969년 『야간순찰*La ronde de nuit*』 출간.

1970년 9월 12일, 도미니크 제르퓌스와 결혼. "우리 결혼식 날에 대한 참담한 기억이 남아 있다. 그날 비가 왔다. 정말 악몽이었다. 우리 결혼식의 증인은 청소년 시절부터 파트릭의 후원자였던 레몽 크노와 우리 아버지의 친구인 앙드레 말로가 서주었다. 그들은 뒤뷔페에 대하여 논쟁을 하기 시작해 우리는 거기서 마치 테니스 경기를 구경하는 관람객 꼴이 되었다. 그 장면을 찍은 사진이라도 있었으면 재미있었을 터인데 사진기를 가지고 온 단 한 사람은 그만 그 안에 필름 넣는 것을 잊어버렸다. 그래서 우리에게 남은 것은 우산을 쓴 채 등을 돌리고 있는 단 한 장의 사진뿐이다." (2003년 10월 6일, 『엘르』와의 인터뷰)

1972년 『외곽 순환도로*Les boulevards de ceinture*』를 발표하여 아카데미 프랑세즈 소설 대상을 수상함.

1973년 영화 〈라콩브 뤼시앵*Lacombe Lucien*〉의 시나리오를 씀.

1974년 〈라콩브 뤼시앵〉이 루이 말의 연출로 완성되어 상영됨. 이 영화는 2차대전을 배경으로 항독운동에 가담하려고 시도했다가 도리어 친독 의용대 활동을 하게 된 청년의 이야기를 다루고 있는데, 등장인물의 행동에 정당성이 없다는 이유로 논쟁을 불러일으킴. 맏딸 지나 태어남. 아버지의 재능을 물려받은 지나는 후일 영화 시나리오와 동화 등을 집필함.

1976년 1975년 출간한 『슬픈 빌라*Villa triste*』로 리브레리상 수상.

1977년 『추억을 완성하기 위하여*Livret de famille*』(원제 : 호적부) 출간.

1978년 『어두운 상점들의 거리*Rue des boutiques obscures*』로 공쿠르상 수상. 둘째 딸 마리 태어남.

1981년 『청춘 시절*Une jeunesse*』 『메모리 레인*Memory Lane*』(피에르 르탕 삽화) 출간.

1982년 『그토록 순수한 녀석들*De si braves garçons*』 출간.

1983년 『청춘 시절』이 모셰 미즈라히의 연출로 동명의 영화로 만들어져 상영됨.

1984년 전 작품에 대해 프랑스 피에르 드 모나코 상 수상.

1985년 『잃어버린 거리*Quartier perdu*』 출간.

1986년 『팔월의 일요일들*Dimanches d'août*』 출간.

1988년 『발레 소녀 카트린*Catherine Certitude*』(장자크 상페 삽화), 『감형*Remise de peine*』 출간.

1989년 『어린 시절의 탈의실*Vestiaire de l'enfance*』 출간.

1990년 『신혼여행*Voyage de noces*』 출간.

1991년 『폐허의 꽃들*Fleurs de ruine*』 출간.

1992년 『서커스가 지나간다*Un cirque passe*』 출간.

1993년 『고약한 봄*Chien de printemps*』 출간.

1995년 『슬픈 빌라』를 개작하여 파트리스 르콩트가 연출한 영화 〈이본의 향기*Le parfum d'Yvonne*〉와 그가 시나리오를 쓰고 파스칼 오비에가 연출한 영화 〈가스코뉴의 아들*Le fils de Gascogne*〉이 상영됨.

1996년 『아득한 기억의 저편*Du plus loin de l'oubli*』 출간.

1997년 『도라 브루더*Dora Bruder*』 출간.

1999년 『신원 미상 여자*Des inconnues*』 출간.

2000년 전 작품에 대해 폴 모랑 문학 대상 수상.

2001년 『작은 보석*La petite bijou*』 출간. 『팔월의 일요일들』을 각색해 마뉘엘 푸아리에가 연출한 영화 〈테 키에로*Te quiero*〉가 상영됨.

2003년 『한밤의 사고*Accident nocturne*』 출간. 모디아노가 시나리오를 쓰고 장폴 라프노가 연출한 영화 〈여행 잘하세요*Bon voyage*〉가 상영됨.

2005년 『혈통*Un pedigree*』 출간.

2006년 『그토록 순수한 녀석들』을 각색해 미카엘 에르스가 연출한 영화 〈샤렐*Charell*〉이 상영됨.

2007년 『잃어버린 젊음의 카페에서*Dans le café de la jeunesse perdue*』 출간.

2010년 『지평*L'horizon*』 출간.

2012년 『밤의 풀*L'herbe des nuits*』 출간.

2014년 『네가 길을 잃어버리지 않게*Pour que tu ne te perdes pas dans le quartier*』 출간.
노벨문학상 수상.

2017년 『잠자는 추억들*Souvenirs dormants*』 출간.

2021년 『슈브뢰즈*Chevreuse*』 출간.

2023년 『무희*La Danseuse*』 출간.

지은이 **파트릭 모디아노**

1945년 프랑스 불로뉴비양쿠르에서 태어났다. 열여덟 살 때부터 소설을 쓰기 시작해 『외곽 순환도로』로 아카데미 프랑세즈 소설 대상을, 『어두운 상점들의 거리』로 공쿠르상을 수상하는 등 프랑스 현대문학이 낳은 가장 탁월한 작가 중 하나로 평가받고 있다. 2014년 노벨문학상을 수상했다.

옮긴이 **권수연**

홍익대학교 건축학과와 한국외국어대학교 통역번역대학원 한불과를 졸업했다. 현재 전문번역가로 활동하고 있다. 옮긴 책으로 『인형』 『지평』 『악의 숲』 『언노운』 『단테의 신곡 살인』 『그렇지만, 이건 사랑이야기』 등이 있다.

문학동네 세계문학

네가 길을 잃어버리지 않게

1판 1쇄 2016년 3월 17일 | 1판 4쇄 2024년 12월 15일

지은이 파트릭 모디아노 | 옮긴이 권수연
책임편집 김두리 | 편집 김영수 오동규 | 모니터링 이희연
디자인 고은이 최미영 | 저작권 박지영 형소진 최은진 오서영
마케팅 정민호 서지화 한민아 이민경 왕지경 정유진 정경주 김수인 김혜원 김예진
브랜딩 함유지 함근아 박민재 김희숙 이송이 김하연 박다솔 조다현 배진성
제작 강신은 김동욱 이순호 | 제작처 한영문화사(인쇄) 경일제책사(제본)

펴낸곳 (주)문학동네 | 펴낸이 김소영
출판등록 1993년 10월 22일 제2003-000045호
주소 10881 경기도 파주시 회동길 210
전자우편 editor@munhak.com | 대표전화 031)955-8888 | 팩스 031)955-8855
문의전화 031)955-1927(마케팅), 031)955-1916(편집)
문학동네카페 http://cafe.naver.com/mhdn
인스타그램 @munhakdongne | 트위터 @munhakdongne
북클럽문학동네 http://bookclubmunhak.com

ISBN 978-89-546-3984-2 03860

우리가 서로를 기억하지 않는다면
사는 것이 무슨 소용일까.

2014 노벨문학상 수상 작가
파트릭 모디아노의 대표 걸작

어두운 상점들의 거리 **김화영 옮김**

"나는 아무것도 아니다."

파트릭 모디아노의 대표작. 기억상실증에 걸린 한 퇴역 탐정이 자신의 과거를 추적하는 여정을 그린 소설이다. 소멸한 과거와 잃어버린 삶의 흔적, 악몽 속에서 잊어버린 대전(大戰)의 경험을 주제로, 프루스트가 말한 존재의 근원으로서의 '잃어버린 시간'을 특유의 신비하고 몽상적인 언어로 탐색해냈다.

지평 **권수연 옮김**

"모든 첫 만남은 상처다."

그녀는 죽었을까, 살아 있을까? 기억의 지평 너머로 사라진 옛사랑을 찾아 헤매는 소설가 장 보스망스의 이야기. 사십여 년의 시간을 거슬러 파리 곳곳의 자취를 더듬어가는 그 여정의 끝에서 보스망스는 과연 그녀와 해후할 수 있을까?

잃어버린 젊음의 카페에서 **김윤진 옮김**

"오직 도망치는 순간에만 온전히 나 자신이었다."

어느 날 '진정한 삶'을 찾아 나선 한 여인. 과거의 악몽들과 단절되어 살 수 있는 곳을 찾아 표류하다 '잃어버린 젊음'이라 불리는 카페 '르 콩데'에 좌초한다. 속절없이 소멸되는 관계를 거부하는 여자 '루키'. 그녀를 기억하는 세 남자가 파리 구석구석 흩어진 그녀의 발자취를 더듬어간다. 세 남자의 목소리를 통해 드러나는, 각기 다른 공간 속 한 여인의 윤곽.